光文社文庫

文庫書下ろし／長編時代小説

冥《めい》府《ふ》からの刺客

日暮左近事件帖

藤井邦夫

光　文　社

本書は、光文社文庫のために書下ろされました。

目次

江戸川橋
大塚
板橋宿へ
巣鴨
赤城明神
石切橋
松平越前守屋敷
神楽坂
江戸川
切支丹坂
御薬園
中山道
日光御成街道
小石川馬場
傳通院
小石川
神明宮
白山
小石川御門
水戸徳川家
駒込
春日町
水道橋
菊坂台町
千駄木
御弓町
駒込追分
神田川
本郷
加賀前田家
根津権現
道灌山
湯島聖堂
霊雲寺
日暮里
門前町
湯島天神門前町
茅町
不忍池
神田大明神
石神井用水
湯島天神
弁財天
妻恋坂
池之端仲町
根岸
谷中
東叡山寛永寺
下谷御成街道
下谷広小路
外神田
御徒町
入谷鬼子母神
（真源院）
向柳原
三味線堀
幡随院
浅草天王町
甚内橋
鳥越明神
下谷三ノ輪町
千住大橋
阿部川町
新吉原
鳥越橋
新堀川
日本堤
奥州街道
旅籠町
東本願寺
御蔵前
御蔵前通り
首尾の松
御米蔵
浅草広小路
小塚原
浅草寺
山谷町
御厩河岸之渡し
駒形町
新鳥越橋
山谷堀
雷門
浅草駒形堂
花川戸町
聖天町
竹町之渡し
吾妻橋
今戸橋
今戸町
白鬚之渡し
隅田川
源兵衛橋
瓦町
中之郷
竹屋之渡し
向島墨堤
北割下水
源森川
小梅村
三囲稲荷
長命寺
木母寺
隅田村
法恩寺橋
横川
業平橋
寺島村

伝馬町
平川町
四谷御門
市谷
赤坂
麴町
赤坂御門
市谷御門
御納戸町
善國寺
氷川明神
若宮八幡宮
溜池
牛込御門
番町
千鳥ヶ淵
半蔵御門
田安御門
虎之御門
西之御丸
清水御門
新シ橋
外桜田御門
雉子橋御門
和田倉御門
江戸城
猿楽町
一橋御門
幸橋
南町奉行所
土橋
北町奉行所
数寄屋橋御門
汐留橋
常盤橋御門
呉服橋御門
神田橋御門
鎌倉河岸
駿河台
三十間堀川
銀座町
竜閑橋
昌平橋
鍛冶町
数寄屋町
筋違御門
京橋
一石橋
今川橋
木挽町
西本願寺
室町
下谷練塀小路
和泉橋
弾正橋
日本橋
内神田
雲母橋
佐久間河岸
組屋敷
楓川
伊勢町
大伝馬町
小伝馬町
亀井町
南八丁堀
八丁堀
江戸橋
組屋敷
八丁堀
公事宿巴屋
柳原土手
西堀留川
鎧ノ渡し
中之橋
日本橋川
小網町
馬喰町
公事宿巴屋の寮
亀島川
両国広小路
稲荷橋
緑橋
一ノ橋
汐見橋
浅草御門
浅草橋
鉄砲洲
高橋
新川
南新堀町
千鳥橋
米沢町
佃島
行徳河岸
霊巌島
箱崎町
浜町堀
二ノ橋
永久橋
箱崎川
薬研堀
柳橋
両国橋
石川島
永代橋
新大橋
大川
熊井町
一ツ目之橋
回向院
佐賀町
今川町
上之橋
万年橋
御竹蔵
大島町
油堀
海辺大工町
六間堀
本所
越中島
亥ノ口橋
富岡橋
高橋
二ツ目之橋
海辺橋
林町
蓬莱橋
仙台堀
五間堀
富岡八幡宮
小名木川
南割下水
亀久橋
霊巌寺
深川
竪川
吉岡橋
三ツ目之橋
木場
新高橋
崎川橋
大横川
西
北
東
南
0
500m

主な登場人物

日暮左近 元は秩父忍びで、瀕死の重傷を負っているところを公事宿巴屋の主・彦兵衛に救われた。いまは巴屋の出入物吟味人。

彦兵衛 馬喰町にある公事宿巴屋の主。瀕死の重傷を負っていた左近を巴屋の出入物吟味人として雇い、巴屋に持ち込まれる公事の調べに当たってもらっている。

おりん 公事宿巴屋の主・彦兵衛の姪。浅草の油問屋に嫁にいったが夫が亡くなったので、叔父である彦兵衛の元に転がり込み、巴屋の奥を仕切るようになった。

房吉 巴屋の下代。彦兵衛の右腕。

清次 巴屋の下代。

お春 巴屋の婆や。

青山久蔵 北町奉行所吟味方与力。

宗助 薬種問屋「萬宝堂」の若旦那。

宗右衛門 薬種問屋「萬宝堂」の主。

青木精一郎 小普請の旗本。

青木久美 精一郎の妹。

榊原兵部 直心影流榊原道場の道場主。

文五郎 高砂町の唐物屋「南蛮堂」の主。

文蔵 南蛮堂の隠居。

嘉平 柳森稲荷にある葦簀張りの飲み屋の老亭主。元は、はぐれ忍び。今は抜け忍や忍び崩れの者に秘かに忍び仕事の周旋をしている。

猿若 秩父忍び。

陽炎 秩父の女忍び。左近の元許婚。秩父忍びの復興に尽力している。

冥府《めいふ》からの刺客

日暮左近事件帖

第一話　恋煩い

一

日本橋馬喰町《にほんばしばくろちょう》の公事宿《くじやど》『巴屋《ともえ》』は、暖簾《のれん》を微風に揺らしていた。

隣の煙草屋《たばこ》の店先では、公事宿『巴屋』のお春《はる》が煙草屋の親父、近くの隠居、裏の妾《めかけ》稼業の年増《としま》たちとお喋りに花を咲かせていた。

「お春さん……」

近くの隠居は、お春に公事宿『巴屋』をそれとなく目配せをした。

お春は、公事宿『巴屋』を見た。

羽織を着た白髪髷《しらがまげ》の年寄りが佇《たたず》み、公事宿『巴屋』の様子を窺《うかが》っていた。

「なんだい、あの人……」

お春は、怪訝《けげん》な眼差しを向けた。

「そう云えば、さっきから巴屋を見ながら行ったり来たりしているな」

煙草屋の親父が告げた。

「店の前を行ったり来たり……」

お春は眉をひそめた。

「怪しいね……」

妾稼業の年増は頷《うなず》いた。

「ええ……」

お春は、緊張を浮かべて白髪髷の年寄りを見詰めた。

公事宿は公事訴訟を扱って争い、時には恨みを買う事もある。

お春は、公事宿『巴屋』に不審な者が現れないか、普段から近所の暇な者と隣の煙草屋の前で見張っていた。

白髪髷の年寄りは、お春の見張りの網に引っ掛かった。

さあて、どうする……。

お春は、直《す》ぐに主の彦兵衛《ひこべえ》に報《しら》せるかどうか迷った。

「あの……」

白髪髷の年寄りは、お春、隠居、妾稼業の年増、煙草屋の親父に声を掛けて来た。

「は、はい……」

お春は戸惑った。

「つかぬ事を伺《うかが》いますが、此方《こちら》の公事宿の巴屋さん、公事訴訟は勿論《もちろん》、出入物《でいりもの》も扱っているそうですね」

白髪髷の年寄りは、警戒するように辺りを見廻して尋ねた。

「えっ、ええ……」

お春は頷いた。

白髪髷の年寄りは、怪しい者ではなく公事宿『巴屋』の依頼人なのかもしれない。

「評判は良いのですが、本当ですかね……」

白髪髷の年寄りは、不安げに尋ねた。

「ええ、本当ですよ」

お春は頷いた。

「間違いありませんか……」

白髪髷の年寄りは念を押した。

お客、依頼人だ……。

お春は気が付いた。

「ええ、そりゃあもう。巴屋には凄腕《すごうで》の出入物吟味人《ぎんみにん》がおりまして……」

お春は、疑った事も忘れて愛想《あいそ》良く笑った。

「えっ。お前さん、巴屋のお人ですか……」

白髪髷の年寄りは驚いた。

「はい。さあ、どうぞ……」

お春は、白髪髷の年寄りを公事宿『巴屋』に誘った。


白髪髷の年寄りは、日本橋伊勢町《いせちよう》の西堀留川《にしほりどめがわ》に架かっている道浄橋《どうじよう》の北詰にある薬種問屋《やくしゆ》『萬宝堂《まんぽう》』の番頭富次郎《とみじろう》だった。

公事宿『巴屋』主の彦兵衛は、富次郎と挨拶《あいさつ》を交わした。

「それで富次郎さん、手前共《ども》に御用とは……」

彦兵衛は、富次郎を促した。

「はい。彦兵衛さん、萬宝堂には宗助《そうすけ》さまと仰《おつしや》る二十歳《はたち》になられる若旦那がおいでになるのですが……」

富次郎は、云い難《にく》そうに話し始めた。

「若旦那の宗助さんですか……」

老番頭の富次郎は、若旦那の宗助が放蕩《ほうとう》の末に揉め事に巻き込まれ、困り果てて相談に来た。

彦兵衛は読み、苦笑した。

「はい。その若旦那の宗助さま、旦那さまも感心される程の真面目な働き者なのでございますが……」

「えっ……」

彦兵衛は、己の読みが違ったのを知った。

「十日程前から寝込んでしまいまして……」

「寝込んだ。病ですか……」

「それが、様々な薬を飲み、お医者に診《み》ていただいたのですが、身体は何処《どこ》も悪くないと……」

「ほう……」

彦兵衛は戸惑った。

「それで宗助さまに訊《き》いたところ、どうやら恋煩《わずら》いのようでして……」

富次郎は、白髪眉をひそめた。

「恋煩い……」

彦兵衛は驚いた。

「はい。若旦那の宗助ざま、どうやら恋煩いなのです」

富次郎は、吐息《といき》を洩《も》らした。

「そうですか、恋煩いですか……」

二十歳になる若旦那が恋煩いとは……。

彦兵衛は呆れた。

「はい。どんな薬も効かない恋煩い……」

「それで、若旦那の恋煩いの相手、何処の誰か分かっているんですか……」

「はい。若旦那の宗助さまの恋煩いのお相手は、お久美《くみ》さまと仰る娘さんでして……」

「お久美さま……」

「はい。歳は十八で、大人しくて優しそうな娘さんでして……」

「それなら何も不都合な事はないかと……」

「それが……」

富次郎は、困惑を浮かべた。

「どうかしたのですか……」

彦兵衛は眉をひそめた。

「はい。お久美さまの家は本所割下水《ほんじょわりげすい》の組屋敷にお住まいのお旗本《はたもと》なのでございます」

「割下水に住んでいる旗本の娘……」

「はい。百五十石取り小普請組《こくこぶしんぐみ》で青木精一郎《あおきせいいちろう》と申される兄上さまが御当主であり、お久美さまはその妹にございます」

「へえ。恋煩いの相手のお久美さま、旗本の娘さんでしたか……」

旗本の娘に恋煩いとは……。

彦兵衛は、思わず眉をひそめた。

「はい。で、兄上さまの青木精一郎さまにございますが、何かと評判が悪いのです」

富次郎は溜息《ためいき》を吐《つ》いた。

「青木精一郎という兄上、評判が悪いのですか……」

「はい。飲む打つ買うに強請《ゆすり》に集《たか》り、おまけに喧嘩《けんか》も絶えずの無頼《ぶらい》の旗本、本所界隈に悪名を轟《とどろ》かせているとか……」

「そいつは凄い……」

「はい……」

「じゃあ何ですか、若旦那の宗助さんの恋煩いの相手のお久美さまは、無頼の旗本の妹なんですか……」

彦兵衛は念を押した。

「左様にございます」

富次郎は、溜息混じりに頷いた。

「それはそれは……」

若旦那の恋煩いの相手が武家の娘だというだけでも面倒なのに、評判の悪い旗本の妹となると面倒以上なのに決まっている。

彦兵衛は、老番頭富次郎の心配を知った。

「それで富次郎さん、手前共には……」

公事宿は、公事訴訟や出入訴訟を扱っても、恋煩いは埒外《らちがい》なのだ。

「はい。主の宗右衛門《そうえもん》も困り果て、先《ま》ずは恋煩いの相手のお久美さまの気性《きしょう》や気立ての本当のところを知ったうえでの事だと仰いましてね。それで、信用出来る方に調べてもらえと……」

薬種問屋『萬宝堂』主の宗右衛門は、相手の家や親兄弟の問題より、本人次第では若旦那の宗助の願いを叶《かな》えてやっても良いと思っているようだ。

「それで此《こ》の巴屋に……」

「はい。いろいろな知り合いに訊いたところ、相手が旗本なら公事宿の巴屋さんにお願いするのが一番良いだろうと。お願いでございます、巴屋さん、どうか、引き受けてはいただけませんか、この通りにございます」

老番頭の富次郎は、白髪髷の頭を深々と下げた。

無頼の旗本と渡り合う公事宿などいる筈《はず》はない。

「さあて、手前共も恋煩いを扱った事はないのですが……」

彦兵衛は躊躇《ためら》った。

「それは重々承知しております。それにいくら若旦那の宗助さまが惚れていても、お久美さまが宗助さまをどう思っているかも分かりませんし……」

「そりゃあそうですねえ。それにしても若旦那の宗助さん、何処《どこ》でお久美さまを見初《みそ》めたのですか……」

「それが、なんでも若旦那さまが両国広小路《りょうごく》で無頼の浪人に絡まれた時、偶々《たまたま》通り掛かったお久美さまがお助け下さったそうにございます……」

「お久美さまに助けられた……」

彦兵衛は、微《かす》かな戸惑いを覚えた。

「はい。以来、宗助さまはお久美さまに……」

「惚れて恋煩いですか……」

「左様にございます」

面白い……。

彦兵衛の知る限り、無頼の者に絡まれた娘が男に助けられて惚れているのが普通だ。しかし、宗助とお久美の場合は、それとは逆なのだ。

青木久美とはどのような娘なのだ……。

彦兵衛は、不意にお久美が気になった。

「分かりました。若旦那の宗助さんの願いが叶うかどうかは分かりませんが、ちょいと調べてみましょう」

彦兵衛は微笑み、薬種問屋『萬宝堂』の老番頭富次郎の依頼を引き受けた。

夕暮れ時。

江戸湊《みなと》には千石船《せんごくぶね》が停泊し、鷗《かもめ》が煩《うるさ》く鳴きながら飛び交っていた。

鉄砲洲波除稲荷《てつぽうずなみよけいなり》は、吹き抜ける汐風に赤い幟旗《のぼりばた》を揺らしていた。

公事宿『巴屋』の寮には、出入物吟味人の日暮左近《ひぐらしさこん》が留守番を兼ねて住んでいた。

彦兵衛は、姪のおりんと酒や料理を持って日暮左近を訪れた。

「恋煩いですか……」

左近は、彦兵衛の話を聞き終えて微笑んだ。

「ええ。ですが、可愛い娘の恋煩いならともかく、二十歳の若旦那の恋煩い。それも無頼の浪人に絡まれていたところを娘に助けてもらっての一目惚《ひとめぼ》れ……」

彦兵衛は苦笑した。

「普通なら逆なのに、面白いわよね……」

おりんは、左近と彦兵衛に酌をし、己の猪口《ちょこ》に酒を満たした。

「ま、話はこんなところだが、どうです。本所割下水の旗本青木精一郎の妹久美の気性や気立て、調べていただけますか……」

彦兵衛は、左近を見詰めた。

「調べるのは構いませんが、娘の気性や気立てとなるとな……」

左近は首を捻《ひね》った。

「そうね。娘心や女心となると、左近さんには難しいかもねえ……」

おりんは眉をひそめた。

「うん……」

左近は、苦笑しながら頷いた。

「じゃあ左近さん、おりんと一緒じゃあどうですか……」

「おりんさんと……」

左近は、戸惑いを浮かべた。

「そうね。それがいいわね。ねえ、左近さん」

おりんは声を弾ませた。

「う、うん……」

左近は頷いた。

「よし、決まった。さあ、飲みましょう」

おりんは、左近と彦兵衛に酌をして手酌で酒を飲んだ。

江戸湊に停泊している千石船《せんごくぶね》には明かりが灯《とも》され、潮騒《しおさい》は静かに響き渡った。

薬種問屋『萬宝堂』は、西堀留川に架かる道浄橋の北詰にあった。

薬種問屋『萬宝堂』は老舗《しにせ》であり、大名《だいみよう》旗本家にも出入りを許されていた。

左近とおりんは、西堀留川の対岸から薬種問屋『萬宝堂』を眺めた。

薬種問屋『萬宝堂』の前の船着場には荷船が船縁《ふなべり》を寄せ、手代《てだい》と人足たちが筵《むしろ》の包みや箱を下ろしていた。

「なかなか繁盛しているようですね」

おりんは読んだ。

「ええ……」

左近は、西堀留川に架かる道浄橋の袂《たもと》にいる派手な半纏《はんてん》を着た遊び人に気が付いた。

遊び人は、何気ない素振りで薬種問屋『萬宝堂』の様子を窺っている。

左近は睨《にら》んだ。

「どうしたの……」

おりんは、左近の様子に気が付いた。

「道浄橋の袂にいる派手な半纏の遊び人、萬宝堂を見張っているようだ」

左近は囁《ささや》いた。

「えっ……」

おりんは、戸惑いを隠して道浄橋の袂に佇んでいる遊び人を窺った。

「何処の誰なの……」

おりんは眉をひそめた。

「さあな……」

左近は、遊び人を見詰めた。

遊び人は、左近とおりんに気が付かずに薬種問屋『萬宝堂』を見張り続けていた。

薬種問屋『萬宝堂』から、町医者と老番頭の富次郎が出て来た。

「それでは、お大事にな……」

町医者は、富次郎に声を掛けて日本橋の通りに向かった。

「ありがとうございました……」

富次郎は見送り、店に戻って行った。

遊び人は、町医者を追った。

「どうするの……」

おりんは戸惑った。

「追う……」

左近は、遊び人を追った。

「あっ、待って……」

おりんは、慌《あわ》てて続いた。


派手な半纏を着た遊び人は、雲母橋《きらず》の袂で町医者を呼び止めた。

左近とおりんは見守った。

遊び人は、町医者と何事か言葉を交わして来た道を戻り始めた。

左近とおりんは、物陰で遊び人を遣《や》り過ごした。

「おりんさん、遊び人が町医者に何を訊いたか聞いてくれ。俺は遊び人を追う」

「分かったわ……」

左近とおりんは二手に分かれ、遊び人と町医者を追った。


「あの、先生……」

おりんは、町医者を呼び止めた。

町医者は、怪訝な面持《おもも》ちで振り返った。

「はい。ちょいとお尋ねしたい事がありまして……」

おりんは笑い掛けた。

「私に用かな……」

派手な半纏を着た遊び人は、人形町《にんぎょうちょう》の通りを横切り、浜町堀《はまちょうぼり》を渡って両国広小路に出た。

両国広小路には見世物《みせもの》小屋や露店が連なり、大勢の人々が行き交って賑《にぎ》わっていた。

遊び人は、雑踏を抜けて大川《おおかわ》に架かっている両国橋に向かった。

左近は追った。

大川には様々な船が行き交っていた。

遊び人は、擦《す》れ違う町娘を振り返りながら両国橋を進んだ。

左近は追った。

行き先が本所なら……。

左近は読んだ。

面白い事になる……。

左近は、小さな笑みを浮かべた。

遊び人は、長さ九十六間《けん》（約一七五メートル）の両国橋を渡って本所に入った。

左近は続いた。


本所に入った遊び人は、回向院《えこういん》の脇を東に進んで南割下水に向かった。

左近は追った。

遊び人は、南割下水沿いを東に進んで陸奥《むつ》国弘前《ひろさき》藩江戸上屋敷の裏手にある小橋を渡り、組屋敷の表門を潜った。

左近は、南割下水に架かっている小橋の袂から見届けた。

おそらく青木精一郎の屋敷……。

左近は読んだ。

組屋敷から浪人が現れ、表門を閉めた。

左近は、辺りを見廻した。

傍らの旗本屋敷から下男が現れ、掃除を始めた。

左近は、掃除を始めた下男に近付いた。

「尋ねるが……」

「はい。何でございましょう」

下男は、掃除の手を止めた。

「割下水の向こうの屋敷、青木精一郎の屋敷かな……」

左近は尋ねた。

「は、はい……」

下男は、浪人姿の左近に胡散《うさん》臭げな眼を向けた。

青木と拘《かか》わりになるのを恐れている……。

左近は気付いた。

「案ずるな。私は青木の仲間ではない……」

左近は苦笑し、下男に小粒《こつぶ》を握らせた。

「そいつはどうも、御無礼を……」

下男は、小粒を握り締めて笑った。

「して、青木精一郎の屋敷なのだな……」

「はい。いつも食い詰めの浪人や博奕《ばくち》打ちなんかが来ていますよ」

下男は眉をひそめた。

「そうか。して、精一郎には妹がいたな……」

「ああ。お久美さまですか……」

下男は、お久美を知っていた。

「うむ。お久美は、兄の精一郎と違って気立ての良い娘だと聞いたが……」

左近は誘った。

「はい。そりゃあもう、真っ当なお人ですよ」

「やはりな……」

「はい。お旗本のお嬢さまなのに、仕立物や組紐《くみひも》作りなどをして……」

「内職をしているのか……」

左近は眉をひそめた。

「ええ。僅《わず》かな扶持米《ふちまい》は兄の精一郎が食い散らかしていますからね」

「酷《ひど》いな……」

「そりゃあもう。お気の毒ですよ、お久美さまは……」

下男は、お久美に同情した。

「そうか……」

左近は、青木屋敷を眺めた。

青木屋敷は静寂に覆われていた。

二

僅かな刻《とき》が過ぎた。

左近は、青木屋敷を見張り続けていた。

青木屋敷の門が開き、着流しの武士が浪人と派手な半纏を着た遊び人と出て来た。

着流しが青木精一郎……。

左近は睨んだ。

青木精一郎、浪人、遊び人は、南割下水沿いの道を西に向かった。

左近は、南割下水を挟んで追った。

青木精一郎と思われる着流しの武士は、背が高くて痩《や》せていた。そして、その落ち着いた足取りは、かなりの剣の遣《つか》い手《て》だと思わせた。

油断はならない……。

左近は、青木精一郎と浪人と遊び人の一行を尾行《つけ》た。

南割下水は、横川に向かって緩《ゆる》やかに流れていた。

御竹蔵裏《おたけぐら》に出た青木精一郎たちは、北に曲がって大川沿いの道を吾妻橋《あずま》に進んだ。

左近は尾行た。

青木たちは、大川に架かっている吾妻橋を渡り始めた。

浅草《あさくさ》に行くのか……。

左近は追った。


浅草広小路は賑《にぎ》わっていた。

青木精一郎たちは、吾妻橋を渡って浅草広小路の手前を南に曲がり、材木町《ざいもくちょう》から駒形町《こまがたちょう》に進んだ。

左近は尾行た。

青木たちは、駒形町の裏通りに進んで板塀《いたべい》に囲まれた家に入った。

左近は、青木たちの入った板塀に囲まれた家に急いだ。

家からは、裂帛《れっぱく》の気合いと木刀の打ち合う音が響いていた。

剣術道場……。

左近は、板塀に囲まれた家を眺めた。

板塀に囲まれた家の戸口には、『直心影流榊原道場』の看板が掛けられていた。

左近は、木戸門を入って武者窓から道場を覗《のぞ》いた。

道場では、多くの若い門弟たちが木刀で激しく打ち合っており、気合いと汗の臭いが溢《あふ》れていた。

なかなかの道場だ……。

左近は、微《かす》かな違和感を覚えた。

食い詰め者が屯《たむろ》する名ばかりの剣術道場ではなく、無頼者と評判の青木精一郎たちが訪れるような処《ところ》ではない。

青木は何しに来たのだ……。

左近は、青木が榊原《さかきばら》道場に何しに来たのか突き止めようとした。しかし、武者窓から見える道場の中には、青木たちの姿は見えなかった。

おそらく、榊原道場の奥にいるのだ。

左近は睨んだ。

よし……。

左近は、榊原道場に忍び込む事にした。

「何をしている……」

穏やかな声がした。

左近は振り返った。

総髪《そうはつ》の初老の武士が、袖無し姿で背後に佇《たたず》んでいた。

「いえ。なかなかの道場なので、つい……」

左近は、秘かに狼狽《うろた》えて言い繕《つくろ》った。

狼狽えたのは、総髪の初老の武士が背後に現れたのに気付かなかったからだ。

「左様か。もし、宜《よろ》しければ汗を流されるが良い……」

総髪の初老の武士は微笑んだ。

殺気は勿論、険しさや咎《とが》める気配は一切なく、穏やかさが漂った。

かなりの遣い手……。

左近は読んだ。

おそらく道場主の榊原……。

左近は睨んだ。

「あっ、お戻りでしたか、お師匠さま……」

中年の門弟が出て来た。

「うむ。今戻った……」

「はい……」

中年の門弟は、道場を僅かに気にした。

「どうした……」

「は、はい。青木どのが……」

中年の門弟は、躊躇《ためら》い勝ちに告げた。

「何、精一郎が来ているのか……」

総髪の初老の武士は眉をひそめた。

「はい……」

「よし。ではな……」

総髪の初老の武士は、左近に微笑み掛けて道場に入って行った。

道場主の榊原……。

左近は、総髪の初老の武士を道場主の榊原だと見定めた。

道場主の榊原は、青木精一郎とどのような拘わりなのだ。

左近は想いを巡《めぐ》らせた。そして、斜向《はす》かいの荒物屋《あらもの》の老爺《ろうや》に榊原道場について聞き込んだ。
榊原道場の主は榊原兵部《ひょうぶ》であり、門弟は五十人以上いた。
門弟たちも厳しい修行をしており、榊原道場の評判は良かった。
僅かな刻が過ぎた。
榊原道場から青木精一郎、浪人、遊び人が出て来た。
青木は、腹立たしげに榊原道場を一瞥《いちべつ》して浅草広小路に向かった。
浪人と遊び人が続いた。
青木精一郎は、直心影流《じきしんかげりゅう》の道場主の榊原兵部と良い拘わりではないようだ。
左近は苦笑し、青木たちを追った。

浅草花川戸町《はなかわどちょう》の裏通りには飲み屋が連なり、昼間から酒を飲ませる居酒屋があった。
青木精一郎は、浪人や遊び人と居酒屋の暖簾を潜った。
昼間から酒とは、それらしくなってきた……。
左近は笑った。
よし……。

「邪魔をする……」

左近は、居酒屋に入った。


青木精一郎たちは、薄暗い店の隅で酒を飲んでいた。

左近は、店の親父に酒を頼んで青木たちの背後に座った。

「それにしても、宗助が恋煩いで寝込んでしまうとはな……」

浪人は、嘲《あざけ》りを浮かべて酒を飲んだ。

「そこまで、惚れたか……」

青木は苦笑した。

「ええ。お久美さまも罪作りなお人ですよ」

遊び人は嘲笑《ちょうしょう》した。

「で、どうする青木さん……」

浪人は、青木に酌をした。

「うむ。平山《ひらやま》、お前は榊原道場を見張れ」

「心得た」

「歳を取っていても相手は剣客、下手な真似は命取りだ。十分に気を付けてな」

「ああ……」

平山と呼ばれた浪人は、緊張した面持《おもも》ちで頷いた。

「丈吉《じょうきち》、お前は引き続いて宗助だ」

「はい。野郎、店に出て来たら直ぐに繋《つな》ぎを取りますよ」

丈吉と呼ばれた派手な半纏を着た遊び人は笑った。

「よし……」

青木、平山、丈吉は酒を飲んだ。

左近は、手酌で酒を飲みながら青木、平山、丈吉の話を聞いた。


本所南割下水は西日に煌《きら》めいた。

おりんは、南割下水に架かる小橋の向こうの青木屋敷を見張っていた。

町医者に聞き込みを掛けたおりんは、本所割下水の青木屋敷の様子を探りに来た。だが、青木屋敷は門を閉じており、中の様子は何も分からなかった。

刻は過ぎた。

若い武家娘が風呂敷包みを抱え、青木屋敷から出て来た。

青木久美……。

薬種問屋『萬宝堂』の若旦那の宗助を恋煩いにしたお久美だ。

おりんは見定めた。

お久美は、西日の差す南割下水沿いを御竹蔵に向かった。

おりんは尾行《つけ》た。


大川に架かる両国橋を渡ったお久美は、両国広小路の雑踏を抜けて米沢町《よねざわちょう》の呉服屋を訪れた。

おりんは見届けた。

両国広小路は、若旦那の宗助が浪人たちに絡まれ、お久美に助けられた処だ。

おりんは、呉服屋の暖簾を潜った。


「いらっしゃいませ……」

呉服屋の手代は、おりんを迎えた。

「ちょいと見せてもらいますよ」

おりんは、飾られた着物や反物を眺めながら帳場の框《かまち》にいるお久美に近付いた。

「お待たせ致しました……」

番頭が、仕立物を持って帳場に戻って来た。

「いいえ……」

「結構な出来栄《できば》えの仕立物にございましたよ」

番頭は告げた。

「良かった……」

お久美は微笑んだ。

「此《これ》は仕立代です」

番頭は、お久美に小さな紙包みを差し出した。

「ありがとうございます」

お久美は、仕立代の入った小さな紙包みを押しいただいて頭を下げた。

「それで、次の仕立物ですが……」

「はい……」

お久美と番頭は、次の仕事の話をし始めた。

仕立物の内職をしている……。

おりんは知った。

青木精一郎は、浅草花川戸町で浪人の平山や遊び人の丈吉と別れ、吾妻橋を渡って本所南割下水の屋敷に戻った。

左近は見届けた。

今日は此迄《これまで》だ……。

左近は、大川に架かる両国橋に向かった。

南割下水は夕陽に煌《きら》めいた。

行燈《あんどん》の火は、公事宿『巴屋』の居間を照らした。

「ご苦労さまでしたね……」

彦兵衛は、左近に酌をした。

「忝《かたじけな》い……」

「じゃあ……」

彦兵衛は、左近に酌をした後、手酌で酒を満たした猪口を翳《かざ》した。

「戴《いただ》きます」

左近と彦兵衛は酒を飲み始めた。

「お待たせしました」

おりんが、料理を持って来て座った。

「おりんも一杯やるか……」

彦兵衛は、おりんに徳利を差し出した。

「そりゃもう、戴きますよ、叔父さん……」

おりんは、彦兵衛に注いでもらった酒を美味そうに飲んだ。

「おりんさん、派手な半纏を着た遊び人、丈吉というのですが、町医者に何を訊いたのですか……」

左近は尋ねた。

おりんは告げた。

「萬宝堂の若旦那、宗助さんの様子ですよ」

「で……」

「宗助さんは恋煩いで寝込んでいると教えたそうですよ」

「そうですか……」

「それで、割下水の青木屋敷に行ったんですが、お久美さんが出て来ましてね」

「お久美が……」

「ええ。それで後を尾行たら、両国広小路は米沢町の呉服屋に仕立物を届けに行きましてね……」

「仕立物……」

彦兵衛は、思わず訊き返した。

「ええ。で、仕立代を貰《もら》い、次の仕立物を頼まれて買い物をして帰りましたよ」

「内職か……」

「ええ。仕立物の出来上がりも良く、旗本のお嬢さまにしては、若いのにしっかりした方ですよ」

「じゃあ人柄も……」

「ええ。今のところは気立ての良い、器量好しってところですか……」

おりんは、今日知ったばかりのお久美を評した。

「そうか。して、兄貴の青木精一郎は……」

彦兵衛は、左近に話を振った。

「平山と申す浪人と丈吉の三人で駒形町にある直心影流の榊原道場に行き、それから花川戸の飲み屋で昼から酒を飲んだのだが、どうやら若旦那の宗助の恋煩いの裏には何かありそうです」

左近は、酒を飲みながら告げた。

「恋煩いの裏……」

彦兵衛は眉をひそめた。

「ええ。青木たちは、若旦那の宗助と何らかの拘わりを作ろうとしているようだ」

左近は読んだ。

「宗助と拘わり……」

彦兵衛は、緊張を滲《にじ》ませた。

「はい。青木たちは何かを企《くわだ》て、その企てを叶えるため、若旦那の宗助と拘わりを作ろうとしているのかもしれぬ」

「妹のお久美に惚れさせてですか……」

おりんは眉をひそめた。

「ええ。その企てが何かは、此《これ》からです」

左近は酒を飲んだ。

行燈の火は瞬《またた》いた。

伊勢町の薬種問屋『萬宝堂』は繁盛していた。

左近は、西堀留川越しに薬種問屋『萬宝堂』の周囲を見廻した。

薬種問屋『萬宝堂』の斜向かいの道浄橋の袂に遊び人の丈吉がいた。

丈吉は、薬種問屋『萬宝堂』を窺っていた。

若旦那の宗助が店に出て来るのを待っている……。

左近は、丈吉の動きを読んだ。

丈吉は、店に出て来た宗助と直に繋《つな》ぎを取ろうとしている。だが、恋煩いで寝込んでいる宗助が店に出て来る事は暫《しばら》くはない。

左近は苦笑した。


南割下水は緩やかに流れていた。

おりんは、南割下水を間にして青木屋敷を見張った。

今日、お久美は出掛けるのか……。

おりんは、斜向かいの屋敷の路地に潜んだ。

僅かな刻が過ぎた。

お久美が箒《ほうき》を手にして現れ、青木屋敷の門前の掃除を始めた。

「こんにちは……」

近所の屋敷の奉公人や行商人が通り掛かり、お久美に挨拶をした。

「御機嫌よう、良いお天気ですね……」

お久美は、通り掛かった奉公人や行商人たちと親しく挨拶を交わした。

笑い、冗談を云い、明るく……。

その言葉や様子には、武家と町方の隔たりは一切感じられなかった。

評判通りの気立ての良さだ……。

おりんは感心した。

お久美は、門前の掃除を終えて青木屋敷に戻って行った。

おりんは、小さな吐息を洩らした。

お久美は評判通り、気立ての良いしっかり者であり、兄の青木精一郎とはまったく似ていない妹だった。

気立ても器量も良いお久美には、此から縁談がいくらでもくるだろう。だが、その縁談の殆《ほとん》どは、兄精一郎の評判と行状《ぎょうじょう》で壊れてしまうのに違いないのだ。

兄妹といっても別人なのに……。

おりんは、お久美に同情し、兄の精一郎に怒りを覚えた。

塗笠《ぬりがさ》を被《かぶ》った着流しの武士が、青木屋敷から出て来た。

おりんは、素早く路地に潜んだ。

着流しの武士は、塗笠をあげて辺りを見廻した。

お久美の兄の青木精一郎……。

おりんは見定めた。

青木精一郎は、辺りに不審な者がいないと見定めて南割下水沿いを西に向かった。

どうする……。

おりんは、尾行るかどうか迷った。しかし、迷いは一瞬だった。

おりんは、青木精一郎を追って路地を出た。

何処に行くのか……。

おりんは、南割下水の流れを挟んで青木精一郎を尾行た。


浅草駒形町の直心影流榊原道場からは、門弟たちの鋭い気合いと木刀の打ち合う音が飛び交っていた。

左近は、榊原道場を眺めた。

榊原道場の木戸門の外には、浪人の平山が退屈そうに彷徨《うろつ》いていた。

青木精一郎たちは、榊原道場に何の用があるのだ。
左近は、退屈そうに彷徨いている浪人の平山を眺めた。
よし……。
左近は決め、浪人の平山に近付いた。
浪人の平山は、近付く左近に怪訝な眼を向けた。
刹那《せつな》、左近は跳んだ。
平山は驚き、慌てて跳び退《の》こうとした。
左近は許さず、平山を蹴り飛ばした。
平山は、悲鳴を上げて榊原道場の木戸門の中に転げ込んだ。
左近は、平山を追って榊原道場の木戸門内に踏み込んだ。
榊原道場から門弟たちが出て来た。
「何事だ……」
「何をしている……」
門弟たちは、怒声をあげて左近と平山を取り囲んだ。
「此《こ》の者が榊原道場を見張っていた……」
左近は、平山を示した。

「何……」

「お前、平山寅之助《とらのすけ》ではないか……」

門弟の一人が、浪人の平山を知っていた。

「おのれ、青木に云われての所業か……」

門弟たちは熱《いき》り立った。

「何の騒ぎだ……」

道場主の榊原兵部が出て来た。

「お師匠さま。此の平山寅之助が道場を見張っていたそうです」

門弟が告げた。

「青木に命じられての事か……」

榊原は苦笑した。

平山は、悔しげに顔を歪《ゆが》めて刀を抜いた。

門弟たちはどよめき、素早く跳び退いた。

「おのれ……」

平山は、左近に猛然と斬り掛かった。

榊原と門弟たちは息を呑んだ。

左近は、鋭く踏み込んで平山の刀を躱《かわ》して横っ腹に拳《こぶし》を叩き込んだ。

肉を抉《えぐ》る音が鈍く鳴った。

平山は、眼を瞠《みは》って崩れ落ち、気を失った。

一瞬の出来事だった。

門弟たちは、左近の素早い動きに呆気《あっけ》に取られて言葉を失った。

「見事……」

榊原は笑った。

「いや……」

左近は苦笑した。

「よし、此の者を縛り上げて納屋に閉じ込めておけ」

榊原は、門弟たちに命じた。

門弟たちは、平山から刀を取り上げて縛り、引き立てて行った。

「おぬし、昨日も……」

榊原は、左近に笑い掛けた。

「私は、馬喰町の公事宿巴屋の出入物吟味人、日暮左近……」

左近は名乗った。

「ほう、公事宿出入物吟味人の日暮左近どのか……」

「はい……」

「昨日に続いて今日とは、私に何か用がありそうだな……」

榊原は読んだ。

「はい……」

左近は微笑んだ。

三

榊原道場の座敷には、門弟たちの気合いと木刀の打ち合う音が聞こえていた。

「して左近どの、私にどのような用があるのだ……」

榊原兵部は、茶を淹《い》れて左近に差し出した。

「旗本の青木精一郎とは、どのような拘わりなのか。そして、青木は此の道場に何の用があるのか……」

左近は尋ねた。

「それは、公事宿の出入物吟味人としてお尋ねかな……」

「如何《いか》にも……」

左近は頷いた。

「そうか。青木精一郎は私のかっての直心影流の弟子だよ」

「弟子……」

「うむ……」

榊原は頷いた。

「そうでしたか。して、此の道場には……」

「青木は、此の道場を譲って欲しいと云って来ているのだ」

「道場を譲って欲しい……」

左近は眉をひそめた。

「左様。五十両でな……」

「して……」

「無論、断った。だが、青木は執拗《しつよう》に何度もやって来る……」

「そうですか。して、青木は何のために此の道場を……」

「分からぬ。だが、引き続いて剣術道場を開くつもりはないようだ」

榊原は読んだ。

「ならば何を……」

「さあて……」

「此処には道場が建つ前には、何が建っていてな。それなりに繁盛していたのだが、主の義平《ぎへい》が店仕舞いするから後を剣術道場にしろと云ってくれてな……」

「で、剣術道場に改築しましたか……」

「左様……」

「して、義平なる者は……」

「生まれ故郷の武州川越《ぶしゅうかわごえ》に帰ったが、去年の夏、病で死んだ」

「死んだ……」

「うむ。私に剣術道場を続けるように云い残してな」

「剣術道場を続けるように……」

「うむ……」

「ならば、青木が道場を譲ってくれと云って来たのは、いつからですか……」

「今年になってからだ……」

「去年の夏に前の持ち主の義平が死に、今年になって青木が道場を譲ってくれと……」

　何かある……。

　左近は、微かな疑念を覚えた。

「うむ……」

「そうですか……」

「日暮左近どのか……」

　榊原は、左近を見詰めた。

「はい……」

「おぬし、忍びの心得があるな……」

　榊原は笑い掛けた。

　左近は苦笑した。

「お師匠さま……」

　門弟が血相を変えて来た。

「どうした……」

「平山が、平山寅之助が死にました……」

　門弟は告げた。

縛られた平山寅之助は、閉じ込められた納屋で舌を噛み切って死んでいた。

左近と榊原は、浪人平山寅之助の死を見届けた。

「青木の企てを吐かされるのを恐れ、自害したのでしょう」

左近は読んだ。

「愚かな奴だ……」

榊原は吐息を洩らし、腹立たしげに手を合わせた。

潮時《しおどき》だ……。

左近は、榊原道場を後にした。


浅草広小路は賑わっていた。

青木精一郎は、浅草広小路の雑踏を抜けて東本願寺《ひがしほんがんじ》前に進んで新堀川《しんぼりかわ》に出た。

そして、新堀川沿いを南に曲がり、古い寺の山門を潜った。

おりんは、古い寺の山門に走った。

青木精一郎は、狭い境内を庫裏《くり》に向かっていた。

おりんは、山門の陰から窺った。

寺に何用なのか……。
墓参りや住職の説法を聞きに来たとは思えない。
おりんは、戸惑いを覚えた。
青木は、庫裏の腰高障子《こしだかしょうじ》を叩いた。
中年の寺男が現れ、青木を庫裏に招き入れた。
青木は庫裏に入った。
中年の寺男は、鋭い眼差しで辺りを見廻し、庫裏に入って腰高障子を閉めた。
青木と中年の寺男は顔見知りだ。
それは、青木が此の寺に時々訪れているからだ。
おりんは読んだ。
山門には、『信霊山正明寺』の扁額《へんがく》が掛かっていた。
正明寺《しょうみょうじ》はどのような寺なのだ。
よし……。
おりんは、境内に入って庫裏に忍び寄った。
庫裏から人の話し声は聞こえなかった。

おりんは、腰高障子の傍に張り付いて中の様子を窺った。

庫裏に人のいる気配がした。

「ならば青木さま、どうぞ……」

中年の寺男らしき者の声がした。

「うむ……」

青木は、中年の寺男に誘われて庫裏の奥に向かったようだ。

おりんは、庫裏の裏手に廻った。


庭の向こうの座敷には、青木精一郎が初老の僧侶と向かい合っていた。

おりんは、庭の植込みの陰に潜んだ。

初老の僧侶が正明寺の住職……。

おりんは見定めた。

青木と初老の僧侶は、何事か言葉を交わしていた。

二人の声は聞こえなかった。

長居は無用、危ないだけだ……。

おりんは、早々に庭の植込みの陰から立ち去った。

青木精一郎は、浅草駒形町にある剣術道場を手に入れようとしている。

左近は、彦兵衛に告げた。

「へえ。剣術道場をねえ……」

彦兵衛は首を捻った。

「ええ。剣術道場、十年前迄は商人宿だったそうでしてね。義平という者が営《いとな》んでいたそうです」

「十年前迄は商人宿であり、主は義平さんって方ですか……」

「ええ。その義平だが、十年前に商人宿を榊原兵部に譲り、生まれ故郷の川越に隠居して去年の夏に死んだ……」

「川越でね……」

「うむ。そして、今年になって青木が剣術道場を譲ってくれと、榊原兵部の許《もと》を訪れ始めたとか……」

「成る程《なるほど》。となると、十年前迄、商人宿を営んでいた義平ですか……」

彦兵衛は読んだ。

「ええ。義平の素性とどのような商人宿だったか……」

左近は小さく笑った。

「分かりました。房吉《ふさきち》が扱っていた公事訴訟も片が付きました。ちょいと調べてもらいましょう」

彦兵衛は告げた。

「お願いします」

左近は頭を下げた。

「只今《ただいま》、戻りました……」

おりんが帰って来た。

「おう。毎日、ご苦労だな。疲れただろう」

彦兵衛は労《ねぎら》った。

「いいえ。どうって事、ありませんよ」

おりんは、お茶を淹れ始めた。

「で、お久美さん、どうだった」

「ええ。見れば見る程、気立ても器量も良いお嬢さんですよ」

おりんは、自分の言葉に頷いた。

「そうか。ま、おりんがそう云うのなら間違いはあるまい」

彦兵衛は笑った。

「それから、兄の青木精一郎が出掛けましてね……」

おりんは微笑んだ。

「青木精一郎が出掛けた……」

左近は、微かな緊張を覚えた。

「ええ……」

「お、おりん、まさか尾行《つけ》たんじゃあるまいな……」

彦兵衛は眉をひそめた。

「ええ。尾行ましたよ」

おりんは、茶を飲んだ。

「そんな、危ない真似を……」

彦兵衛は狼狽えた。

「して、青木は何処に行きました……」

左近は尋ねた。

「それが、浅草は東本願寺の傍を流れている新堀川沿いにある正明寺って小さな古寺に行ったんですよ」

「新堀川沿いの正明寺……」

左近は呟《つぶや》いた。

「ええ。青木の奴、住職と何事か話し込んでいましたよ」

「おりん、お前、正明寺に忍び込んだのか……」

彦兵衛は驚いた。

「ええ。庭にね……」

おりんは、悪戯《いたずら》っぽく笑った。

「そうか、庭か……」

彦兵衛は、微かな安堵《あんど》を過《よ》ぎらせた。

「して、青木と住職は、どんな話をしていましたか……」

左近は尋ねた。

「残念ながら、そこ迄は……」

おりんは首を横に振った。

「聞こえなかったか……」

「ええ。でも、初老の住職は浄空《じょうくう》。それに眼付きの悪い中年の寺男がいましてね。そいつは伝造《でんぞう》って名前でしたよ……」

おりんは、正明寺から出た後、初老の住職と中年の寺男の名を調べていた。

「正明寺住職の浄空と寺男の伝造か……」

「ええ……」

「流石《さすが》はおりんさんだ……」

左近は誉《ほ》めた。

「そりゃあ、抜かりはありませんよ……」

おりんは、自慢げな笑みを浮かべた。

「それにしても左近さん、青木とその浄空って住職、どんな拘わりなんですかね」

「ええ。そして、此度の青木の企てとの拘わりがあるのか……」

左近は眉をひそめた。

「左近さん、薬種問屋萬宝堂の若旦那宗助さんの恋煩いの裏には、どうやら、思わぬ企てが隠されているようですねえ」

彦兵衛は、薄笑いを浮かべた。

「きっと……」

左近は苦笑した。

「おのれ、榊原兵部……」

青木精一郎は、浪人の平山寅之助の死を知り、怒りに震えた。

平山寅之助は、榊原道場に忍び込んで捕らえられた己を恥じ、舌を噛んで自害したと役人に報された。

「青木さま……」

丈吉は、青木の出方を窺った。

「丈吉、もはや猶予《ゆうよ》はならぬ。事を急ぐんだ」

青木は、焦りを滲ませた。

青木精一郎は、浪人の平山寅之助が死んだのを知り、どうするか……。

左近は読んだ。

おそらく事を急ぐ……。

左近は睨んだ。

ならば……。

左近は、一計を案じて彦兵衛に告げた。

「若旦那の宗助にですか……」

彦兵衛は、戸惑いを浮かべた。

「ええ。薬種問屋の萬宝堂には売っていない薬、飲ませてみましょう」

左近は笑った。

「ま、身体の何処も悪くない恋煩い。命に拘わる事もありますまい……」

彦兵衛は苦笑した。


薬種問屋『萬宝堂』は、相変わらず繁盛していた。

遊び人の丈吉が現れ、薬種問屋『萬宝堂』の店内を窺った。

いた……。

丈吉は、『萬宝堂』の帳場に若旦那の宗助が座っているのに気が付いた。

「宗助だ……」

丈吉は、顔を輝かせた。


お久美からの恋文が届く……。

若旦那の宗助は、老番頭の富次郎に囁《ささや》かれて帳場に座っていた。

お久美からの恋文……。

宗助は、胸を高鳴らせて待った。

「宗助さま……」

帳場の前に丈吉が佇んだ。

「はい。えっ……」

宗助は、佇んだ丈吉を見上げた。

「此奴《こいつ》を頼まれて来ました」

丈吉は、結《むす》び文《ぶみ》を差し出した。

「お久美さまの……」

宗助は、結び文を握り締めて丈吉に尋ねた。

「左様にございます」

丈吉は、薄笑いを浮かべて頷いた。

「お久美さまの恋文……」

宗助は、震える手で結び文を解《ほど》いて読んだ。

「私に逢いたい……」

宗助は、顔を輝かせて呟いた。

「如何《いかが》致しますか……」

丈吉は、宗助に探る眼を向けた。

「行きます。お久美さまが待っているのなら、何処にでも行きます」

「じゃあ、誰にも内緒で今夜戌《いぬ》の刻五つ（午後八時）、烏頭《うず》を持って外に出て来て下さい」

丈吉は囁いた。

「今夜、戌の刻五つ、烏頭を持って……」

宗助は眉をひそめた。

「はい。お久美さまのたってのお願いにございます……」

丈吉は、宗助を見据えて告げた。

「お久美さまの……」

宗助は呆然と呟いた。

「はい。それ故、誰にも内緒で。じゃあ……」

丈吉は、店から足早に出て行った。

宗助は、結び文を見詰めた。

結び文には、『宗助さま、恋しい。逢いたい。久美……』と書かれていた。

「お久美さま……」

宗助は、笑みを浮かべて結び文を見詰めた。

「宗助さま……」

老番頭の富次郎がやって来た。

「な、何ですか……」

宗助は、結び文を素早く懐に入れた。

「久し振りの帳場。お疲れではございませんか……」

富次郎は心配した。

「疲れてなんかいませんよ、番頭さん。掛け売りはどうなっているんですか……」

宗助は張り切った。

「宗助さま……」

富次郎は驚き、戸惑った。

薬種問屋『萬宝堂』から出て来た丈吉は、笑みを浮かべて軽い足取りで人形町に向かった。

左近は、道浄橋の袂で丈吉を見送り、薬種問屋『萬宝堂』に向かった。

薬種問屋『萬宝堂』から老番頭の富次郎が出て来た。

「日暮さま……」

富次郎は、彦兵衛によって左近と引き合わされていた。

「丈吉、若旦那に何て云って来ました……」

左近は、富次郎を路地に連れ込んだ。

「はい。『宗助さま、恋しい。逢いたい、久美……』と書かれた結び文を……」

「結び文には、他に何か……」

「何も書かれてはございませんでした……」

青木精一郎は慎重だった。

「して、丈吉は若旦那に何と……」

「それが、誰にも云うなと口止めされたらしく、若旦那さまは何も仰いません……」

富次郎は、困惑をうかべた。

おそらく、丈吉は宗助に肝心な事を言葉で伝えたのだ。

左近は、青木精一郎の慎重さを知った。

「そうですか……」

青木精一郎は何を企てているのか……。

何《いず》れにしろ、何かが起こるのは日が暮れてからだ。

左近は睨んだ。

四

大川はゆったりと流れていた。

浅草駒形町は大川の西岸にあり、駒形堂《こまかたどう》で名高い町だった。

直心影流榊原道場からは、相変わらず門弟たちの気合いと木刀の打ち合う音が溢れていた。

公事宿『巴屋』の下代《げだい》の房吉は、榊原道場の周囲や大川との距離を眺めた。

駒形町の木戸番《きどばん》屋は、店先に草鞋《わらじ》、渋団扇《しぶうちわ》、炭団《たどん》などの荒物を売っていた。

木戸番は老爺《ろうや》であり、荒物に叩《はた》きを掛けていた。

「邪魔しますぜ」

房吉は、老木戸番に声を掛けた。

「ああ。いらっしゃい……」

「父っつあん、ちょいと訊きたい事があるんだが……」

「お前さん、見掛けない顔だが、何処の旦那の手札《てふだ》を貰っているんだい……」

老木戸番は、房吉を町奉行所同心《どうしん》に手札を貰っている岡《おか》っ引《ぴき》だと思っていた。

「父っつあん、俺は岡っ引じゃあない。巴屋って公事宿の者だぜ」

房吉は苦笑した。

「へえ、公事宿のお人かい……」

老木戸番は、房吉に物珍しそうな眼を向けた。

「ああ……」

房吉は、老木戸番に素早く小粒《こつぶ》を握らせた。

「こいつはすまねえな……」

老木戸番は、歯のない口を綻《ほころ》ばせて小粒を握り締めた。

「いや……」

「今、茶を淹れるぜ」

老木戸番は、茶を淹れて房吉に差し出した。

「すまねえな」

「で、訊きたい事はなんだい……」

老木戸番は、房吉を促した。

「うん。此の先にある剣術道場だけど……」

「直心影流の榊原道場かい……」

老木戸番は茶を啜《すす》った。

「ああ……」

「あそこは榊原先生も仁徳者《じんとくしゃ》だし、真っ当な剣術道場だぜ」

「そうだろうな……」

房吉は、威勢の良い気合いと木刀の打ち合う乾いた音の響く榊原道場をそう見ていた。

「で、十年前迄はあそこは義平って人が営んでいた商人宿だったと聞いたが、繁盛していなかったのかな……」

「いや。旅の行商人や江戸に出て来た商人が良く泊まっていて、それなりに繁盛していたと思うよ」

老木戸番は首を捻《ひね》った。

「それなりに繁盛していたのに、どうして商人宿を閉めたのかな……」

「さあてなあ。旦那の義平さん、時々、湯治《とうじ》に行ったりしていたけど、歳を取って面倒になったんだぜ、商人宿をやっていくのが……」

老木戸番は読んだ。

「そうか。歳を取って面倒になったか……」

「ああ。馴染《なじみ》の客も多くてな。そういえば時々、義平の旦那が酒を振る舞ったり、一緒に出掛けたりしていたな……」

「馴染客と……」

「うん。そういえば、義平の旦那が商人宿を閉めた後、馴染客もぴったりと見掛けなくなったな」

「そりゃあ、馴染といっても客だから……」

「ま、そうなんだけど、義平の旦那と馴染客、今にして思えば、何か妙な感じがしたな」

老木戸番は首を捻った。

「妙な感じって、どんな……」

「そうだなあ。旦那と奉公人というか、親分と子分というか、うん……」

老木戸番は、己の言葉に頷いた。

「親分と子分ねえ……」

房吉は眉をひそめた。


浅草の古寺『正明寺』の境内には誰もいなく、静けさに満ちていた。

左近は、正明寺を眺めた。

本堂や庫裏にも人影は窺えない。

正明寺には、住職の浄空と伝造という名の寺男がいる筈《はず》だ。

よし……。

左近は、正明寺の庫裏に走った。そして、庫裏の腰高障子の傍に張り付き、中の様子を窺った。

庫裏の中からは、人の声も物音も聞こえなかった。

誰もいない……。

左近は見定め、腰高障子を開けようと手を掛けた。

待て……。

左近は、思わず腰高障子に掛けた手を引いた。

腰高障子の戸と枠には、一本の髪の毛が横に貼られていた。
腰高障子を開けると、髪の毛が取れて何者かが出入りしたのが分かる仕掛けだ。
寺男の伝造の仕業……。
もし、そうだとすると伝造は、只《ただ》の寺男ではない。
左近は読んだ。
そして、貼られた髪の毛は、今の正明寺に誰もいない証《あかし》でもある。
住職の浄空と寺男の伝造は、出掛けていて留守なのだ。
左近は見定めた。
よし……。
左近は、庫裏の裏手に廻った。

母屋の座敷は雨戸が閉められていた。
左近は、閉められた雨戸を眺めて忍び口を探した。
忍び口はない……。
左近は見定めた。
無理をして忍び込むのは可能だ。だが、忍び込んだところで何らかの痕跡《こんせき》を残し、警戒させるだけだ。
左近は、忍び込むのを止《や》めた。
何《いず》れにしろ、浄空と伝造は只の坊主や寺男ではない……。
左近は見定めた。

暮《くれ》六つ（午後六時）。
本所南割下水に夕陽が映《は》えた。
青木精一郎は、丈吉と一緒に組屋敷を出て本所竪川《たてかわ》に向かった。
睨み通りだ……。
左近は、物陰から出て追った。
青木と丈吉は、竪川に架かっている二《ふた》つ目《め》之《の》橋《はし》に行く。
左近は読んだ。
船か……。
青木と丈吉は、船を使って西堀留川の道浄橋に行くのだ。
左近は睨んだ。

左近の睨み通り、青木と丈吉は二つ目之橋の船着場に係留してあった猪牙舟《ちょきぶね》に乗った。そして、丈吉が櫓《ろ》を漕いで大川に向かった。

行き先は、薬種問屋萬宝堂……。

左近は、大川に進んで行く猪牙舟を見届け、大禍時《おおまがとき》の本所から日本橋伊勢町に向かって猛然と走り出した。

西堀留川に月影は揺れた。

薬種問屋『萬宝堂』は、大戸を閉めて静まり返っていた。

西堀留川に櫓の軋《きし》みが響き、船行燈を灯した猪牙舟が現れた。

来た……。

左近は、薬種問屋『萬宝堂』の屋根の上から見守った。

丈吉の操る猪牙舟は、青木精一郎を乗せて道浄橋の下の船着場に船縁を寄せた。

青木は、素早く猪牙舟を下りた。

丈吉は、猪牙舟の舳先《へさき》を廻した。

何処かの寺の鐘が、遠くから鳴り響き始めた。

戌の刻五つの鐘だ。

青木は、船着場から道浄橋の北詰に上がった。

丈吉は、猪牙舟を船着場に繋いで続いた。

左近は見守った。


若旦那の宗助が、薬種問屋『萬宝堂』の横の路地から現れた。

「若旦那……」

丈吉は、嘲笑を浮かべた。

「お久美さまは、お久美さまは何処ですか……」

宗助は、必死な面持ちで丈吉と青木の背後を窺った。

「若旦那、お久美さまに逢う前に、烏頭を渡してもらえますか……」

丈吉は進み出た。

「はい。此《これ》に……」

宗助は、懐から油紙の小さな包みを出した。

「ならば……」

青木は素早く動き、宗助の鳩尾《みぞおち》に拳を鋭く叩き込んだ。

「お、お久美さま……」

宗助は、呆然とした面持ちで呟き、烏頭の包みを落として気を失い、崩れるように倒れ込んだ。

「恋煩いとは、お久美さまも迷惑な話だ……」

丈吉は嘲笑し、宗助の落とした烏頭の包みを拾おうとした。

刹那、薬種問屋『萬宝堂』の屋根から左近が飛んだ。

青木は、咄嗟《とっさ》に跳び退いた。

丈吉は、烏頭の包みを拾って見上げた。

同時に、左近の蹴りが丈吉に炸裂《さくれつ》した。

丈吉は、烏頭の包みを落とし、大きく仰《の》け反《ぞ》って倒れ、気を失った。

左近は、素早く烏頭の包みを拾った。

青木は、左近を見据えて刀の柄《つか》を握った。

「青木精一郎、何もかも烏頭を秘かに手に入れんがために仕組んだ事か……」

青木精一郎は、毒薬烏頭を秘かに手に入れようと、妹久美を使って薬種問屋『萬宝堂』の若旦那宗助に仕掛けたのだ。

宗助は、青木の仕掛けに引っ掛かった。それも、恋煩いに陥る程、見事に……。

左近は苦笑した。

「おのれ、何者だ……」

青木は、満面に怒りを滲《にじ》ませた。

「秘かに烏頭を手に入れ、誰に盛るつもりだったのかな……」

左近は、青木の怒りに構わず尋ねた。

「黙れ……」

青木は、刀を抜き打ちに放った。

左近は跳び退き、気を失って倒れている宗助を庇《かば》うように身構えた。

「烏頭を渡せ……」

青木は、左近に鋭く斬り掛かった。

左近は、無明刀《むみょうとう》を横薙《な》ぎに一閃《いっせん》した。

火花が散り、焦《こ》げ臭さが漂った。

左近と青木は対峙《たいじ》した。

「烏頭は、剣では敵《かな》わぬと知った相手に秘かに盛るか……」

左近は読んだ。

「何……」

青木は眉をひそめた。

「となると、鳥頭を盛る相手は、剣の師匠の榊原兵部かな……」
左近は、青木に笑い掛けた。
「おのれ……」
青木は、激しく狼狽えた。
「どうやら、図星《ずぼし》のようだな……」
左近は、青木を厳しく見据えた。
若旦那の宗助が苦しく呻《うめ》いた。
左近は、思わず宗助を見た。
青木は、その隙《すき》を突いて身を翻《ひるがえ》した。
左近は、咄嗟《とっさ》に棒手裏剣を放った。
棒手裏剣は煌めいた。
青木は仰け反った。
棒手裏剣が背に突き刺さったのだ。
青木はよろめき、西堀留川に落ちた。
水飛沫《しぶき》が煌めいた。
左近は、青木の落ちた西堀留川の岸辺に駆け寄った。

青木は、西堀留川を血に染めて日本橋川に向かって流れて行った。

手応えは十分だ……。

左近は見送った。

宗助が再び苦しげに呻いた。

左近は、宗助の許に戻った。

「番頭さん……」

左近は、薬種問屋『萬宝堂』に声を掛けた。

薬種問屋『萬宝堂』の潜り戸が開き、老番頭の富次郎と主の宗右衛門が駆け出して来た。

「そ、宗助……」

「若旦那さま……」

宗右衛門と富次郎は、倒れている宗助に駆け寄った。

「当て落とされていただけで、間もなく気を取り戻す。中に運ぶが良い……」

左近は告げた。

「は、はい。さあ、みんな……」

富次郎は、若い番頭や手代たちに命じた。

若い番頭と手代たちは、若旦那の宗助を店の中に運んだ。

「萬宝堂主の宗右衛門にございます。此度はいろいろありがとうございます」

宗右衛門は、左近に礼を述べた。

「礼には及ばぬ。此で事実を知り、恋煩いが治まると良いのだが……」

「はい。それでは……」

宗右衛門は、宗助を追って店に戻った。

「本当にありがとうございました、日暮さま」

富次郎は、左近に深々と頭を下げた。

「うむ。若旦那が持ち出した烏頭だ……」

左近は、富次郎に烏頭の包みを渡した。

「は、はい……」

富次郎は受け取った。

「ところで番頭さん、縄を少々戴けないか……」

左近は、気を失って倒れている丈吉を冷たく一瞥した。

江戸湊は暗く、猪牙舟は揺れた。

左近は櫓を置き、縛り上げた丈吉に海水を浴びせた。

丈吉は、気を取り戻した。

丈吉は、戸惑った面持ちで辺りを見廻した。

暗い海が見渡す限り続いていた。

丈吉は、己が縛られて猪牙舟の船底に横たわっているのに気が付き、激しく狼狽えて踠《もが》いた。

猪牙舟は揺れた。

「静かにしろ、丈吉……」

左近は、笑い掛けた。

丈吉は、恐怖に激しく衝《つ》き上げられた。

「暴れると猪牙舟が沈む。俺は良いが、お前は手足を縛られている。そのまま海の底に沈んで魚の餌《えさ》だ」

「た、助けて、助けてくれ……」

丈吉は、嗄《しやが》れ声を引き攣《つ》らせた。

「丈吉、青木精一郎は宗助から烏頭を手に入れ、榊原兵部に盛るつもりだったな」

左近は、丈吉を厳しく見据えた。

「へ、へい……」

「何故だ……」

「そ、それは……」

丈吉は躊躇《ためら》った。

「よし、ならば海の底に沈むか……」

左近は、縛り上げた丈吉の襟首を引き摺《ず》り上げようとした。

「云います。云いますから助け……」

丈吉の声が、悲鳴のように夜の海に響いた。

「ならば云ってみろ……」

「道場です。駒形町の榊原道場を手に入れるため、榊原の大先生に烏頭を盛ろうと……」

「駒形町の道場……」

「へい……」

「道場を手に入れてどうする気だ……」

左近は尋ねた。

「道場の縁の下の何処《どこ》かにお宝が埋まっていると……」

「お宝……」

左近は眉をひそめた。

「へい……」

「誰のお宝だ……」

「知りません。あっしはそこ迄は知りません。聞いちゃあいないんです」

「丈吉……」

左近は、丈吉を冷たく見据えた。

「本当だ。嘘偽りじゃあねえ。信用してくれ。頼みます……」

丈吉は、顔と喉を引き攣らせて必死に告げた。

嘘偽りはないようだ……。

左近は見定めた。

「ならば訊くが、新堀川の正明寺の坊主と寺男の素性は知っているか……」

「浄空と伝造って名前で、元は侍だそうです」

「元は侍……」

「ええ。青木の旦那とは、昔からの知り合いだと聞いています」

「そうか……」

「あっしが聞いているのは、それだけです」

丈吉は、恐怖と緊張に耐えきれないように眼を閉じた。

「よし。青木精一郎は死んだ。二度と萬宝堂の宗助に手を出すな。もし、出した時は殺す」

左近は、丈吉を見据えて厳しく脅した。

丈吉は、恐怖に震えた。

左近は笑った。

猪牙舟は揺れた。


薬種問屋『萬宝堂』の若旦那宗助は、己の恋煩いが毒薬の烏頭を秘かに手に入れようとする者に利用されたと知り、お久美への熱を一気に冷ました。

宗助の恋煩いは終わった。

青木久美は、薬種問屋『萬宝堂』の若旦那宗助の事など知らず、帰らぬ兄の精一郎を心配した。

青木精一郎は、左近の手裏剣を背に受けて西堀留川に転落した。そして、日本橋川から江戸湊に流れたのか、死体は見付からなかった。そして、遊び人の丈吉は、江戸から姿を消した。

疑念は残った。

浅草駒形町の『直心影流榊原道場』の床下に埋まっているお宝とは何なのか……。

『正明寺』住職浄空と寺男の伝造は、何者なのか……。

青木精一郎とは、どのような拘わりがあったのか……。

左近は、宗助の恋煩いの裏に秘められているものが気になった。

第二話　大黒天

一

公事宿『巴屋』の座敷では、彦兵衛が左近を招いて労《ねぎら》っていた。

「若旦那の宗助さん、恋煩いに罹《かか》った事も忘れて仕事に励んでいるそうでしてね。旦那の宗右衛門さんが喜んでいると、番頭の富次郎さんがお礼に来ましたよ」

彦兵衛は笑った。

「そうですか……」

左近は、手酌で酒を飲んだ。

「ええ……」

彦兵衛は頷いた。

「叔父さん、房吉さんですよ」

新しい徳利を持ったおりんが、房吉と一緒に入って来た。

「旦那、左近さん、お邪魔しますぜ」

房吉は、彦兵衛と左近に笑い掛けた。

「ご苦労だね、房吉。ま、一杯やりな……」

彦兵衛は、房吉に猪口を渡して酒を酌してやった。

「戴《いただ》きます」

房吉は酒を飲んだ。

「で、何か分かったかい……」

「そいつが、榊原道場になる前にあった商人宿、武蔵屋《むさし》ってんですがね。旦那の義平と馴染客、何か妙でしてね……」

「妙……」

彦兵衛は眉をひそめた。

「房吉さん、何が妙なんですか……」

左近は尋ねた。

「いろいろ調べたんですがね。義平と馴染客、商人宿の武蔵屋を出たところでは、旦那と奉公人、師匠と弟子、親分と子分、殿さまと家来。ま、そんな風に見えたそうでしてね」

房吉は、小さな笑みを浮かべた。

「宿の主と馴染客が、なんだいそりゃあ……」

彦兵衛は訊き返した。

「房吉さん、ひょっとしたら旦那の義平と馴染客、盗賊の頭《かしら》と手下ですか……」

左近は読んだ。

「ええ。あっしもそう睨《にら》みました」

房吉は笑った。

「して……」

左近は、話を促した。

「はい。で、商人宿の武蔵屋が店を閉めた十年前に消息を絶った盗賊がいるかどうか、調べましたよ」

「いましたか……」

「ええ。大黒天《だいこくてん》の藤兵衛《とうべえ》って盗賊の頭とその一味が……」

「大黒天の藤兵衛……」

「ええ。商人宿の武蔵屋が店を閉め、旦那の義平が生まれ故郷の川越に帰った後、盗賊大黒天の藤兵衛一味の押し込みはなくなり、その噂も聞かなくなったとか……」

房吉は、手酌で酒を飲んだ。

「成《な》る程《ほど》、義平が商人宿を閉めると、大黒天の藤兵衛の盗賊働きもなくなりましたか……」

左近は、小さな笑みを浮かべた。

「左近さん、もし房吉の睨み通りなら、榊原道場の縁の下に埋まっているお宝っては……」

「盗賊大黒天の藤兵衛の隠し金ですか……」

左近は読んだ。

「ええ。ですが、もしもそうなら、大黒天の藤兵衛はどうして金を川越に持って行かなかったのか……」

彦兵衛は首を捻った。

「そいつなんですが、大黒天の藤兵衛が盗賊働きを止めたのは、仲間割れの所為《せい》だという噂がありましてね。拘わりがあるかもしれませんね……」

「仲間割れして隠し金が狙われ、川越に持って行けず、商人宿の縁の下に隠し、剣術道場にして榊原兵部に譲った」

左近は睨んだ。

「じゃあ何ですか。榊原道場の道場主榊原兵部さんと門弟たちは、盗賊大黒天の藤兵衛の隠し金の番人って事ですか……」

彦兵衛は戸惑った。

「ええ。直心影流の剣客榊原兵部の剣術道場ともなれば、盗賊が下手に押し込めば命取りですからね」

左近は頷いた。

「それで、青木精一郎は若旦那の宗助の恋煩いを利用して萬宝堂から烏頭を手に入れ、榊原兵部に秘かに盛ろうと企みましたか……」

彦兵衛は睨んだ。

「おそらく……」

左近は、手酌で酒を飲んだ。

「じゃあ、青木は大黒天の藤兵衛と仲間割れした盗賊と繋がっていた訳ですか……」

「間違いないと思いますが、その青木の周りにそれらしい奴はいますか……」

房吉は眉をひそめた。

「ええ……」

左近は頷いた。

「やっぱりね。で、何処の誰です……」

房吉は尋ねた。

「新堀川沿いにある正明寺の住職浄空と寺男の伝造です……」

左近は告げた。

「あら、あの正明寺の浄空と伝造ですか……」

おりんは眉をひそめた。

「ええ。奴らは只の坊主や寺男ではない……」

左近は、庫裏の腰高障子の仕掛けを思い浮かべた。

「じゃあ、大黒天の藤兵衛と仲間割れした盗賊ですか……」

「かもしれない。何《いず》れにしろ、調べてみる必要があります」

左近は眉をひそめた。

新堀川は浅草天王町《てんのうちよう》で鳥越川《とりごえがわ》と合流し、御蔵前《おくらまえ》通りを横切って浅草御蔵脇から大川に流れ込んでいる。

左近と房吉は、新堀川に架かっている小橋の袂に佇んで正明寺を眺めた。

「正明寺ですか……」

「ええ……」

左近と房吉は、正明寺を眺めた。

正明寺は山門を閉め、静けさに覆われていた。

「静かですね……」

「ええ。青木精一郎が姿を消したので、護りを固めているのかもしれません」

左近は睨んだ。

「どうします……」

「忍び込んでみます。房吉さんは、出て来る者がいればお願いします」

左近は告げた。

「承知……」

房吉は頷いた。

「じゃあ……」

左近は、辺りに行き交う人がいないのを見定め、正明寺の土塀に跳んだ。そして、土塀の内側に消えた。

房吉は、新堀川に架かっている小橋を渡り、正明寺の見張りに付いた。

正明寺の境内に人影はない。

左近は見定め、境内を横切って本堂に走り、階《きざはし》から回廊に跳んだ。そして、本堂の中の様子を窺《うかが》った。

本堂に人の気配は窺えない。

よし……。

左近は、本堂に忍び込んだ。

本堂は薄暗く、線香の匂いが微かに漂っていた。

左近は、隅の暗がりに潜んで仏像の祀《まつ》られた祭壇を窺った。

本堂には線香の匂いが微かに漂っているだけであり、変わった様子は窺えなかった。

左近は、祭壇の裏に不審がないのを見定め、本堂に続く廊下に進んだ。

廊下には庭に面した座敷が並び、障子を閉めていた。
左近は廊下を進み、並ぶ座敷を窺った。
座敷には微かな人の気配がした。
住職の浄空か……。
左近は、廊下の隅の長押《なげし》に跳んで天井板を押し開けた。
黴《かび》の臭いと埃《ほこり》が漂った。
左近は、素早く天井裏に忍び込んだ。

天井裏には、隙間や節穴《ふしあな》から明かりが差し込んでいた。
左近は忍び、天井裏の暗がりを透かし見た。
細い黒糸が張り巡らされていた。
黒糸……。
左近は緊張した。
細い黒糸には、幾つもの鈴が結ばれていた。
鳴子《なるこ》だ……。

左近は気が付いた。
鳴子は、薄暗い天井裏に縦横に張り巡らされていた。
そして、積もった埃の下からは、撒《ま》き菱《びし》の尖《とが》りが僅《わず》かに見えた。
撒き菱……。
天井裏には、撒き菱が撒かれているのだ。
忍び……。
左近は、正明寺が忍びの者に拘わりがあるのを知った。
天井裏を迂闊《うかつ》に進めない……。
左近は見定め、長押に戻って天井板を元に戻した。
左近は、長押から廊下に降りて辺りを窺った。
変わった様子はない……。
左近は、障子の閉められている座敷に忍び寄った。
殺気……。
左近は、咄嗟に仰け反った。
四方手裏剣が障子を破り、左近の顔の上を飛び抜けた。

左近は庭に跳び下り、続く攻撃に備えて身構えた。

「忍びか……」

障子の閉められた座敷から嗄《しやが》れ声がした。

「何処の忍びだ……」

左近は、座敷を見据えた。

「それはこっちの台詞《せりふ》だ……」

嗄れ声の笑いが洩れた。

刹那《せつな》、四方手裏剣が障子を破って再び飛来した。

左近は、無明刀を閃かせて四方手裏剣を弾き飛ばし、障子を蹴破って座敷に踏み込んだ。


座敷には誰もいなかった。

左近は、無明刀を構えて座敷を窺った。

隣の座敷との間の襖《ふすま》が開いていた。

左近は、殺気を放った。

木霊《こだま》はない……。

左近は、隣の座敷に踏み込んだ。
隣の座敷にも忍びの者はいなく、障子が開け放たれていた。
左近は、開け放たれていた障子から廊下に出て庫裏に走った。

庫裏には誰もいなく、囲炉裏《いろり》から僅かな煙が立ち昇っていた。
微かに火薬の臭いがした。
埋火《うめび》だ……。
左近は、土間を蹴って戸口の腰高障子に跳んだ。
次の瞬間、囲炉裏の灰の下に仕掛けられた火薬が火を噴《ふ》いた。

左近は、戸口の腰高障子を蹴破って飛び出した。
火花と炎が追って噴き出した。
左近は、転がって追い縋《すが》る炎を躱《かわ》した。
炎は辺りの物を焼いて消えた。
左近は、素早く無明刀を構えて次の攻撃に備えた。
庫裏から煙が流れた。

左近は、庫裏を窺った。

噴き出した火は消え、庫裏の調度品《ちょうどひん》は焦げて壊れていた。

忍びの者は、既に消えていた。

やられた……。

左近は苦笑し、無明刀を鞘《さや》に納めた。


正明寺の奥から鈍い音が鳴り、煙が上がった。

何かあった……。

房吉は眉をひそめた。

菅笠《すげがさ》を目深《まぶか》に被った男が、正明寺の横手の路地から足早に現れた。

そして、目深に被った菅笠を僅《わず》かに上げて辺りを窺った。そして、物陰に潜んだ房吉に気が付かず、新堀川沿いを東本願寺に向かった。

よし……。

房吉は追った。

左近は、正明寺の裏の土塀を越えて新堀川沿いの道に戻った。

房吉はいない……。

正明寺から誰かが現れ、尾行《つけ》て行ったのだ。

左近は読んだ。

正明寺の住職浄空と寺男の伝造は、盗賊とは勿論、忍びの者とも拘わりがあるのだ。そして、青木精一郎が姿を消したので危険を察知し、正明寺を棄《す》てて何処かに身を潜めた。

左近は見定めた。

菅笠を被った男は、東本願寺前に出た。そして、尾行て来る者を警戒し、新堀川沿いの道から外れて東に曲がった。

下手な尾行は禁物……。

房吉は慎重に、菅笠を被った男を尾行た。

菅笠を被った男は、東に進んで東本願寺の角を北に曲がり、再び東に曲がった。

此のまま東に進めば、浅草広小路か花川戸町《はなかわどまち》、そして大川を渡ると北本所だ。

何処に行く……。

房吉は追った。

駒形町の榊原道場は活気に溢れていた。

左近は、榊原道場を訪れ、主の榊原兵部に逢いたいと申し入れた。

榊原は、左近を直ぐに座敷に招いた。


「して、左近どの、用とは……」

『直心影流榊原道場』主の榊原兵部は、左近に笑い掛けた。

「青木精一郎、倒しました」

左近は、榊原を見据えた。

「うむ。何れそうなると思っていた」

榊原は、驚きもせずに頷いた。

「そうですか……」

「して、青木は何故、此の道場を欲しがったのか、分かったかな……」

「ええ。未だ確かではありませんが……」

榊原は尋ねた。

「そうか……」

榊原は眉をひそめた。

「何か……」

「うむ。そいつは盗賊と拘わりはあるのか……」

「榊原さま……」

「実はな、今年に入ってから道場に盗っ人が三度も忍び込んで来ましてな」

榊原は苦笑した。

「盗っ人が三度も……」

「左様。ま、三度とも住み込みの門弟たちが気が付き、何も盗られずに済んだが……」

榊原は告げた。

義平こと盗賊大黒天の藤兵衛の仕掛けは、狙い通りに上手くいっていた。

左近は知った。

「榊原さま、商人宿武蔵屋を営んでいた義平、どうやら盗賊一味の頭だったようです」

「義平が盗賊一味の頭……」

「ええ。そして、商人宿武蔵屋の縁の下に金を埋めて隠し、他の盗賊に盗まれぬよう、重《おも》しに榊原道場を置いたものかと……」

「成《な》る程《ほど》、そういう訳だったのか……」

「ええ……」

「それにしても重しとは、義平にまんまと嵌《は》められたな……」

榊原は苦笑した。

「ですが、盗賊を三度も撃退し、義平の狙いは上手くいきました」

「うむ。それにしても何故、今年なのだ」

榊原は首を捻った。

「義平こと大黒天の藤兵衛が去年死に、今年になって川越に金はないと分かったのでしょう」

「それで、商人宿の武蔵屋があった処《ところ》か……」

榊原は読んだ。

「ええ……」

左近は頷いた。

「となると、盗賊共《ども》は此《これ》からも押し込んで来るか……」

「盗賊共だけならどうって事もありますまいが、忍びの者もいるかもしれませぬ……」

「忍びの者……」

榊原は、厳しさを浮かべた。

「はい。青木が出入りしていた寺、忍びの者との拘わりが……」

左近は、榊原を見据えた。

「そうですか。青木がそのような寺に……」

「はい。くれぐれもお気を付けて……」

「心配には及びません。門弟たちの命を懸《か》ける程の事でもない。危なくなれば退散する迄です」

榊原は、屈託《くつたく》なく笑った。

「榊原さま……」

左近は微笑んだ。


浅草新鳥越町の船宿『鶴《つる》や』は、山谷堀《さんやぼり》に架かっている今戸《いまど》橋の袂にあった。

菅笠を被った男は、船宿『鶴や』の暖簾を潜った。

船宿鶴や……。

房吉は見届けた。

船宿『鶴や』は、山谷堀から吹く川風に暖簾を揺らしていた。

房吉は見張った。

菅笠を被った男が出て来る気配はなかった。

よし……。

房吉は見定め、船宿『鶴や』について近所と木戸番に聞き込みを掛ける事にした。


薬種問屋『萬宝堂』の表に托鉢《たくはつ》坊主が佇み、経を読み始めた。

托鉢坊主の経は朗々と続いた。

『萬宝堂』から小僧が現れ、托鉢坊主の頭陀袋《ずだぶくろ》にお捻《ひね》りを入れた。

「小僧さん、若旦那の恋煩い、治ったそうですね」

托鉢坊主は、経を読むのを止めて囁いた。

「えっ……」

小僧は戸惑った。

「私の知り合いにも恋煩いで苦しんでいる人がいましてね。若旦那の恋煩いを治したお医者さまは、何処の誰でしょうか……」

「いいえ、治したのは、お医者さまではありませんよ……」

小僧は笑った。

「お医者さまじゃあない……」

「はい……」

「じゃあ、何処の誰ですか……」

「馬喰町にある巴屋って公事宿の人が治してくれたんですよ」

「馬喰町の公事宿巴屋……」

托鉢坊主は、その眼を鋭く輝かせた。

二

公事宿『巴屋』は、地方から来た公事訴訟人たちの夕食も終わり、静けさに包まれた。

「浅草新鳥越町の船宿鶴やですか……」

左近は眉をひそめた。

「ええ。正明寺から出て来た菅笠を被った男を尾行たところ、鶴やに入りました」

房吉は、夕食を食べ終えて茶を飲んだ。

「そうですか、ご苦労さまでした……」

左近は、房吉を労った。

「あっしが追った菅笠を被った男は、寺男の伝造ですかね……」

「そいつは分かりませんが、忍びの者に間違いありません」

左近は告げた。

「忍びの者……」

房吉は驚いた。

「ええ。正明寺は忍びの者の隠し宿でしてね。住職の浄空と寺男の伝造はおらず、得体《えたい》の知れぬ忍びの者が潜んでいました」

「それで……」

彦兵衛は眉をひそめた。

「遣《や》り合ったのですが、逃げられましてね……」

左近は、房吉を見た。

「あっしが追った菅笠を被った男ですか……」

「きっと……」

左近は頷いた。

「盗賊の次は忍びの者ですか……」

彦兵衛は、溜息を吐いた。

「忍びの者が盗賊なのかもしれぬ……」

左近は笑った。


山谷堀《さんやぼり》には、新吉原《しんよしわら》に行く客を乗せた猪牙舟が行き交っていた。

船宿『鶴や』の二階の窓からは、山谷堀を行き交う猪牙舟の明かりが見えた。

行燈の火が瞬いた。

「で、その浪人は忍びだったのか……」

宗匠《そうしよう》姿の初老の男は、中年の男に念を押した。

正明寺の住職浄空と寺男の伝造だった。

「はい。かなりの手練《てだ》れにございました」

伝造は、悔しさを過ぎらせた。

「うむ。天竜《てんりゆう》の伝造が仕留め損なったとなるとな……」

浄空は、伝造を〝天竜の伝造〟と呼び、薄く笑った。

「それにしても法印《ほういん》さま、大黒天の藤兵衛の残した隠し金はどうします」

「うむ。藤兵衛の隠し金が榊原道場の縁の下に埋められているのは間違いないが……」

「榊原兵部と門弟たちですか……」

「うむ。青木精一郎も榊原を恐れ、毒を盛ろうとしたぐらいだ。迂闊に手出しは出来ぬ」

「しかし、此《こ》のままでは徒《いたず》らに刻が過ぎるだけかと……」

伝造は、微かな焦りを滲ませた。

「焦るな天竜……」

浄空は苦笑した。

「天竜のお頭《かしら》……」

襖の向こうに男の声がした。

「竜炎《りゆうえん》か、入れ……」

伝造は告げた。

襖を開け、坊主頭の竜炎が入って来た。

竜炎は、薬種問屋『萬宝堂』に現れた托鉢坊主だった。

「分かったか……」

伝造は、竜炎を見据えた。

「はい。萬宝堂の宗助の恋煩いを治したのは、町医者ではなく馬喰町の公事宿巴屋の者だそうにございます」

竜炎は告げた。

「公事宿巴屋の者……」

浄空は眉をひそめた。

「はい。それで公事宿巴屋を調べた処、日暮左近という者がおりました」

「日暮左近……」

伝造は、満面に緊張を滲ませた。

「はい。凄腕の出入物吟味人だそうです」

「天竜……」

浄空は、厳しさを露《あら》わにした。

「はい。青木精一郎を倒したのは、おそらくその出入物吟味人の日暮左近。今日、正明寺に現れた忍びの者かと……」

伝造は睨んだ。

「うむ。して、どうする……」

浄空は、伝造を見据えた。

「何としてでも始末する迄……」

伝造は、浄空を見返した。

「うむ……」

浄空は冷笑を浮かべた。


公事宿の朝は早い。

公事宿『巴屋』彦兵衛は、泊まっている公事訴訟人を伴って月番《つきばん》の町奉行所に出頭した。

日暮左近は、おりんに見送られて『巴屋』を出て、両国広小路に向かった。

通りには、職人や人足、通いのお店者《たなもの》たちが仕事場に急いでいた。

左近は、両国広小路から神田川《かんだがわ》に架かっている浅草御門を渡り、浅草新鳥越町の船宿『鶴や』に行くつもりだ。

誰かが見ている……。
左近は、自分を背後から見詰める視線を感じた。
尾行者か……。
左近は、足取りを変えず、それとなく周囲を窺った。
饅頭笠《まんじゆうがさ》を被った托鉢坊主が、斜め後ろからやって来るのが見えた。
托鉢坊主……。
左近は、尾行て来る者が托鉢坊主だと見定めた。
何者だ……。
左近は読んだ。
正明寺に潜んでいた忍びか、それとも青木精一郎に拘わる者か……。
何れにしろ、盗賊大黒天の藤兵衛の隠し金を狙っている者共に違いない。
左近は読んだ。
托鉢坊主の尾行は、おそらく公事宿『巴屋』を出たところから始まっていた筈だ。
だとしたら、公事宿『巴屋』と自分たちの事は既に割れているのだ。
左近は睨んだ。

両国広小路は、朝から多くの人で賑わっていた。

どうする……。

左近は、何気なく背後を窺った。

托鉢坊主は、背後をやって来る。

よし……。

左近は苦笑し、両国広小路から神田川に架かっている浅草御門に向かった。


御蔵前通りは、浅草御門から浅草広小路を繫いでいる。

左近は、時々背後を窺いながら御蔵前通りを進んだ。

托鉢坊主は尾行て来る。

左近は苦笑し、浅草御蔵から榊原道場のある駒形町を抜けて浅草広小路に出た。


左近は、賑わう浅草広小路を横切って金龍山浅草寺《きんりゅうざんせんそうじ》の風雷神門《ふうらいじんもん》を潜った。

托鉢坊主は追った。

左近は、仲見世《なかみせ》の連なる参道から境内に進んだ。そして、広い境内を通って裏である北門を出た。

浅草寺の裏、北門の前には田畑が広がり、吹き抜ける微風に緑を揺らしていた。
左近は、素早く田畑の緑に忍んだ。

追って北門から現れた托鉢坊主は、饅頭笠をあげて広がる田畑を見廻した。
托鉢坊主は竜炎だった。
左近の姿はなく、田畑の緑が微風に揺れているだけだった。
撒かれた……。
竜炎は焦った。
撒かれたという事は、尾行が気付かれていたからだ。
おのれ……。
竜炎は悔しがった。
刹那、背後で風が鳴った。
竜炎は振り返った。
礫《つぶて》が左頬を掠《かす》って飛び抜けた。
竜炎は、咄嗟に身を潜めて錫杖《しやくじよう》を構えた。
緑の田畑に左近は勿論、人影はなかった。

左頬がむず痒《がゆ》く、生暖かさを感じた。

竜炎は、思わず左頬を撫《な》でた。

撫でた手に赤い血が付いた。

礫が掠めた左頬の掠り傷からは、血が流れていた。

もう少し逸《そ》れていたら、礫は眉間《みけん》の急所に当たっていた筈だ。

竜炎は安堵《あんど》を浮かべ、己の運の良さと日暮左近の腕を嗤《わら》った。

次の瞬間、竜炎は不意に気が付いた。

左近は、頬を掠めるように礫を放ったのかもしれない。

狙っての脅し……。

赤い血が左頬を伝った。

竜炎は、恐怖に衝き上げられた。

田畑の緑は、吹き抜ける微風に揺れた。


浅草新鳥越町の船宿『鶴や』は、山谷堀に架かっている今戸橋の袂にあった。

左近は、今戸橋の袂に佇んで船宿『鶴や』を眺めた。

「遅かったですね……」

房吉が背後に現れた。

「尾行られましてね。手間取りました」

「って事は、巴屋に見張りが付きましたか……」

房吉は読んだ。

「おそらく。敵も黙ってはいません……」

左近は、不敵な笑みを浮かべた。

房吉は、足早に来る托鉢坊主を示した。

「左近さん……」

「私を尾行て来た奴です……」

左近は苦笑した。

托鉢坊主は、船宿『鶴や』に足早に入って行った。

「で、鶴や、どんな船宿ですか……」

左近は、房吉に尋ねた。

「五年前に潰《つぶ》れた船宿でしてね。常吉《つねきち》って四十歳過ぎの旦那とおきちって女将《おかみ》が、居抜きで買い取ったとか……」

房吉は、既に船宿『鶴や』について聞き込みをしていた。

「常吉におきちですか……」

「ええ。それから、鶴やは余り儲かっていないようですぜ」

房吉は苦笑した。

「何といっても、五年前に潰れた船宿ですからね。旦那と女将が代わったからといって繁盛するとは思えない……」

左近は睨んだ。

「ええ。ですが、潰れもせずに五年も続いている……」

「裏がありますか……」

「ええ。只の船宿ではありませんよ」

房吉は、薄笑いを浮かべた。

隅田川《すみだがわ》から来た屋根船が、船宿『鶴や』の船着場に船縁を寄せた。

「房吉さん……」

「はい……」

左近と房吉は、物陰から見守った。

屋根船の障子の内から老僧の浄空が下り、船着場の石段を上がって船宿『鶴や』に入って行った。

「正明寺から姿を消した浄空です……」

左近は見定めた。

「やはり……」

房吉は頷いた。

屋根船を舫《もや》った船頭が、辺りを油断なく見廻して船宿『鶴や』に入って行った。

忍びの者……。

左近は、その身のこなしで船頭を忍びの者だと睨んだ。

浄空は何処に行って来たのか、そして何を企てているのか……。

盗賊大黒天の藤兵衛の隠し金を狙っているのは間違いない。

忍びを使って榊原道場を襲うのか、それとも他の手立てで奪い取るつもりなのかもしれない。

何《いず》れにしろ面白い……。

左近は、冷ややかな笑みを浮かべた。

公事宿『巴屋』は客の出入りもなく、暖簾を揺らしていた。

煙草屋の縁台では、老亭主が隠居や妾稼業の女と腰掛け、茶を啜りながらお喋りを楽しんでいた。

公事宿『巴屋』の前に武家の娘が佇んだ。

武家の娘は、思い詰めた顔で公事宿『巴屋』を見詰めた。

「ご隠居、おじさん……」

妾稼業の女は、怪訝《けげん》な面持ちで武家の娘を示した。

「うん……」

隠居と老亭主は、戸惑った面持ちで武家の娘を見守った。

武家の娘は、辺りを見廻し、煙草屋の縁台に腰掛けている老亭主、隠居、妾稼業の女に気が付いた。

老亭主、隠居、妾稼業の女は、慌てて顔を背《そむ》けた。

「あの……」

武家の娘は、老亭主、隠居、妾稼業の女の傍にやって来た。

「は、はい……」

妾稼業の女は狼狽えた。

「つかぬ事を伺《うかが》いますが、あちらの公事宿巴屋さんに、日暮左近という方がいると聞きましたが……」

武家の娘は尋ねた。

「えっ、ええ。いますよ……」

妾稼業の女は頷いた。

「どんな人ですか……」

武家の娘は、妾稼業の女を見詰めた。

「どんなって。歳の頃は三十前で、総髪で背丈は五尺七寸ぐらいの苦《にが》み走った好い男ですよ。ねえ……」

妾稼業の女は、老亭主と隠居に同意を求めた。

「う、うん……」

老亭主と隠居は頷いた。

「三十歳前で、総髪で五尺七寸ぐらい……」

武家の娘は、自分に云い聞かせた。

「ええ……」

「して、剣の遣い手だと聞きましたが……」

武家の娘は眉をひそめた。

「そりゃあ、もう……」

妾稼業の女、老亭主、隠居は頷いた。

「そうですか……」

武家の娘は、その顔に険しさを滲ませた。

「あの、娘さんは……」

隠居は、武家の娘に怪訝な眼を向けた。

「あっ、御造作《ごぞうさ》をお掛けしました」

武家の娘は、誤魔化《ごまか》すように礼を云って足早に立ち去った。

「なんだい、ありゃあ……」

隠居は眉をひそめた。

「ええ……」

妾稼業の女と老亭主は、戸惑った面持ちで武家の娘を見送った。

「お待たせ……」

婆やのお春が、団子の包みを持って公事宿『巴屋』から出て来た。

「春木《はるき》屋のお団子、お団子……」

お春は縁台に腰掛け、団子を包んでいる経木《きようぎ》を開けた。

「それよりお春さん、今、妙なお武家の娘が来たよ」

隠居が告げた。

「妙なお武家の娘……」

お春は戸惑った。

「ええ。巴屋を覗《のぞ》いてね。左近さんの事をいろいろ訊いて来たんですよ」

妾稼業の女は、厳しい面持ちで告げた。

「左近さんの事を……」

「ええ……」

「あらま、左近さん、何処かで見初められたのかな……」

お春は笑った。


夕暮れ時になり、山谷堀には新吉原に行く船が増えた。

左近と房吉は、船宿『鶴や』を見張った。

船宿『鶴や』に客は少なかった。

「妙な奴は現れず、妙な動きもない……」

房吉は、欠伸《あくび》を嚙み殺した。

「ですが、裏で秘かに動いているのは間違いありません……」

左近は苦笑した。

「じゃあ榊原道場に……」

房吉は眉をひそめた。

「ええ。どんな手立てで榊原道場に忍び込み、縁の下に埋めた隠し金を奪い取るか……」

左近は、面白そうに笑った。

「忍びの者なら容易《たやす》いのでしょうね」

房吉は訊いた。

「いえ、榊原道場の主、榊原兵部さんは直心影流の達人、門弟たちもかなりの遣い手。如何《いか》に忍びの者でも容易ではないでしょう」

左近は睨んだ。

「そうですか。それにしても左近さん、榊原道場の榊原さまは、大黒天の藤兵衛の隠し金に興味はないのですかね……」

房吉は首を捻った。

「榊原さんは、商人宿を道場として譲ってくれたのを感謝し、それ以上の事は望んでいませんよ」

左近は笑った。

「そうですか……」

房吉は、微かな戸惑いを浮かべた。

「房吉さん……」

左近は、船宿『鶴や』を示した。

船宿『鶴や』から中年の侍が出て来た。

「あの侍、入って行くところは見掛けちゃあいないな……」

房吉は首を捻った。

「ええ。ずっと鶴やにいたのでしょう。おそらく正明寺の寺男の伝造です」

左近は、中年の侍が寺男の伝造だと見抜いた。

「寺男の伝造……」

房吉は眉をひそめた。

伝造は、辺りを油断なく見廻して花川戸町の通りを浅草広小路に向かった。

「此処《ここ》を頼みます」

「承知……」

左近は、房吉を残して伝造を追った。

侍に扮《ふん》した伝造は、落ち着いた足取りで浅草広小路に進んでいた。
左近は、伝造の足取りと身のこなしを窺った。
忍びの者……。
左近は、伝造が正明寺に潜んでいた忍びの者だと睨んだ。
伝造は、花川戸町の隅田川沿いに向かった。
左近は追った。
隅田川から夜風が吹き抜けた。

三

赤提灯《ちょうちん》は、隅田川から吹き抜ける夜風に揺れていた。
伝造は、赤提灯を揺らしている隅田川沿いの飲み屋に入った。
左近は、物陰から見送った。
浅草広小路から侍がやって来た。
侍は、飲み屋の前で立ち止まり、辺りを警戒するように見廻した。

若くて見覚えのある顔……。
左近は眉をひそめた。
誰だ……。
思案《しあん》は一瞬だった。
榊原道場の門弟……。
左近は、侍が榊原道場の若い門弟だと気が付いた。
若い門弟は、飲み屋に入った。
見定める……。
左近は、飲み屋に向かった。
赤提灯は夜風に揺れた。

飲み屋は薄暗く、客は少なかった。
左近は、戸口の傍に座って店の親父に酒を頼んだ。
伝造と若い門弟は、店の奥で何事か言葉を交わしながら酒を飲んでいた。
やはり通じていた……。
左近は、運ばれた酒を飲みながら伝造と若い門弟を見守った。

伝造は、若い門弟を仲間に引き込み、榊原道場に隠された大黒天の藤兵衛の隠し金を探させるか、忍び込みの手引きをさせるつもりなのだ。

どうする……。

左近は、伝造と酒を飲んでいる若い門弟を見詰めた。

若い門弟をさっさと始末するか……。

榊原兵部に報《しら》せるか……。

それとも泳がせるか……。

左近は、手酌で酒を飲んだ。

腰高障子は夜風に鳴った。

半刻《はんとき》（一時間）が過ぎた。

伝造と榊原道場の若い門弟は、飲み屋を出て別れた。

若い門弟は、浅草広小路を抜けて駒形町の榊原道場に帰る筈だ。そして、伝造は新鳥越町の船宿『鶴や』に戻る。

左近は読んだ。

伝造は、浅草広小路に向かう若い門弟を見送り、隅田川沿いの道を山谷堀に向かった。

来た道とは違う……。

しかし、山谷堀に出て西に曲がれば、船宿『鶴や』のある新鳥越町に行くのだ。

単に道を変えただけなのか……。

左近は、微かな違和感を覚えながら伝造を尾行た。

隅田川から吹く夜風は、左近の鬢《びん》の解《ほつ》れ髪を揺らした。

伝造は、夜道を一定の足取りで進んだ。

左近は、東側に隅田川、西側に花川戸町の家並みを見ながら追った。

一瞬、行く手の家並みの屋根に煌めきが浮かんだ。

左近は、咄嗟に地を蹴って跳んだ。

四方手裏剣が左近のいた処を飛び抜け、地面を鋭く抉《えぐ》った。

忍び……。

左近は、暗がりに着地して身構えた。

四方手裏剣が闇から飛来した。

左近は、四方手裏剣を躱《かわ》しながら闇に走った。

忍びの者が現れた。
左近は、無明刀を抜き打ちに放った。
閃光が走った。
忍びの者は、大きく仰け反り倒れた。
殺気が次々に湧《わ》いた。
忍びの者たちは、左近に殺到した。
左近は、無明刀を縦横に閃かせた。
忍びの者たちは、無明刀の閃きを必死に躱して跳び退いた。
指笛が鋭く鳴った。
忍びの者たちは、一斉に闇に引いた。
左近は、残心《ざんしん》の構えを取って闇を見廻した。
引いたと見せ掛けた攻撃はない……。
左近は見定めた。
伝造は、既に姿を消していた。
何処の忍びの者共だ……。
左近は想いを巡らせた。

伊賀《いが》、甲賀《こうが》、柳生《やぎゅう》、根来《ねごろ》、風魔《ふうま》、それとも自分のように流派を抜けたはぐれ忍びの者共なのか……。

何《いず》れにしろ、伝造が左近の尾行に気が付いて配下の忍びの者に襲撃させたのだ。

左近は睨み、新鳥越町の船宿『鶴や』に急いだ。

船宿『鶴や』は、軒行燈を消して大戸を閉めていた。

今戸橋の袂に房吉はいた。

「房吉さん……」

左近が戻って来た。

「伝造は……」

房吉は眉をひそめた。

「戻りませんか……」

「ええ……」

房吉は頷いた。

伝造は、飲み屋から船宿『鶴や』に戻らず、姿を消したのだ。

「そうですか。して、浄空は……」

「入ったままですぜ」

「ならば、今夜はもう動かないでしょう。引きあげますか……」

「ええ……」

房吉は頷いた。

左近と房吉は、船宿『鶴や』の見張りを解き、浅草広小路に向かった。

「で、伝造の方は、どうでした……」

房吉は訊いた。

「榊原道場に通じている者がいました……」

「通じている者……」

房吉は驚いた。

「ええ……」

左近は、事の次第を話した。

房吉は女房のお絹《きぬ》の待つ家に帰り、左近は公事宿『巴屋』で彦兵衛と酒を飲んだ。

行燈の明かりは、左近と彦兵衛を照らした。

「そうですか、正明寺の浄空と伝造、新鳥越の船宿にいましたか……」

彦兵衛は手酌で酒を飲んだ。

「ええ。で……」

左近は、榊原道場の若い門弟が伝造に通じていた事を彦兵衛に報せた。

「何処にでも屑《くず》はいるんですねえ……」

彦兵衛は苦笑した。

「ええ……」

「で、どうするんですか。榊原さまに報せるか、始末するか、泳がせるか……」

彦兵衛は、左近の出方を窺った。

「さあて、どうするか……」

左近は、手酌で酒を飲んだ。

おりんが新しい酒を持って来た。

「聞いたわよ。左近さん……」

おりんは、左近に酌をした。

「何をですか……」

左近は酒を飲んだ。

「昼間、お武家の娘さんが、左近さんの事を訊き廻っていたそうですよ」

「武家の娘……」

左近は眉をひそめた。

「ええ。左近さんがどんな人かって。何処の誰なのかしら……」

おりんは、皮肉っぽい笑みを浮かべた。

「どんな人か……」

彦兵衛は眉をひそめた。

「えっ、ええ。お春さんにそう聞きましたよ」

おりんは頷いた。

「じゃあ、そのお武家の娘、左近さんを知らないいな」

彦兵衛は読んだ。

「私もそう思います」

左近は頷いた。

「じゃあ、知らないお武家の娘さんが左近さんを調べているって事ですか……」

おりんは、戸惑いを浮かべた。

「ええ……」

左近は酒を飲んだ。

「左近さん、何か心当たりは……」

彦兵衛は訊いた。

「さあ……」

左近は首を捻った。

「ありませんか……」

「ええ……」

「そうですか。ま、何れにしろ、気を付けた方が良いでしょう」

彦兵衛は心配した。

左近は、手酌で酒を飲んだ。

「はい……」

行燈の明かりは瞬いた。

隅田川は朝陽に輝いた。

船宿『鶴や』は暖簾を揺らしていた。

十徳《じっとく》を着て町医者に扮した浄空は、女将のおきちと船宿『鶴や』から出て来た。

そして、船着場に繋がれた猪牙舟に乗り込んだ。

船頭は、十徳姿の浄空が乗ったのを見定めて猪牙舟を船着場から離した。

「お気を付けて……」

女将のおきちは見送った。

猪牙舟は隅田川に進んだ。

離れた処に繋がれていた猪牙舟は、静かに動き出した。

菅笠を被った船頭は、房吉だった。

何処に行く……。

房吉は、浄空の乗った猪牙舟を追って隅田川に向かった。


公事宿『巴屋』のある馬喰町の通りは、外濠《そとぼり》本石町《ほんこくちょう》一丁目から神田川に架かっている浅草御門を結んでいる。

左近は、おりんに見送られて公事宿『巴屋』を出て浅草御門に向かった。

誰かが見ている……。

左近は、己を見詰める何者かの視線を感じた。

浄空や伝造配下の忍びの者か……。

左近は、それとなく周囲を窺った。
だが、それらしき者はいなかった。そして、見詰める視線は消えた。
左近は、微かな戸惑いを覚えた。
気のせいか……。
左近は、見詰める視線を探した。
だが、視線は感じられなかった。
やはり、気のせいなのだ……。
左近は、浅草橋御門を渡って御蔵前の通りを浅草に向かった。

榊原道場は十日に一度の休みであり、裂帛《れっぱく》の気合いも木刀の打ち合う音もなかった。
左近は、榊原道場を訪れた。
留守番の門弟が応対に出て来た。
花川戸町の飲み屋で、伝造と逢っていた若い門弟だった。
左近は、若い門弟に榊原兵部に取り次ぐように頼んだ。
若い門弟は、榊原の許に行って直ぐに戻って来た。

「どうぞ、お上がり下さい」

「造作《ぞうさ》を掛ける」

左近は、若い門弟に誘われて榊原のいる座敷に進んだ。

「おぬし、名は……」

左近は、若い門弟に尋ねた。

「は、はい。私は石原祐太郎《いしはらゆうたろう》と申します」

若い門弟は名乗った。

「石原祐太郎どのは内弟子か……」

「はい。左様にございます」

石原祐太郎は頷き、座敷の前に跪いた。

「先生、日暮左近さまにございます」

「うむ。お入りいただけ」

座敷から榊原の声がした。


「どうぞ……」

石原祐太郎は、左近に茶を差し出した。

「忝《かたじけな》い」

　左近は礼を述べた。

「いえ。では……」

　石原は、左近と榊原兵部に会釈をして座敷から出て行った。

　左近は見送った。

「して日暮どの、今日は……」

　榊原兵部は、左近に微笑みかけた。

「榊原さま、盗賊大黒天の藤兵衛の隠し金を狙っている忍びの者と通じている者がいます」

　左近は、厳しい面持ちで告げた。

「石原祐太郎ですか……」

　榊原は笑った。

「お気付きでしたか……」

「日暮どの、石原は私の指図で声を掛けて来た天竜の伝造なる者に近付いているのです」

　榊原は告げた。

「榊原さまの指図……」

左近は、戸惑いを浮かべた。

「如何《いか》にも。仕掛けて来るなら、仕掛け返す迄……」

榊原は苦笑した。

「左様でしたか。して、石原を通じて何か分かりましたか」

左近は尋ねた。

「うむ……」

「何が……」

左近は、榊原を見詰めた。

「天竜の伝造たちは、此の道場に隠された大黒天の藤兵衛の隠し金を探すため、先《ま》ずは私を始末する企てだと……」

「青木精一郎と同じですか……」

「うむ……」

「して、どのような手立てで……」

「今夜、闇討ちを仕掛けて来るとか……」

榊原は、事も無げに告げた。

「今夜。闇討ち……」

左近は眉をひそめた。

天竜の伝造は、道場の十日に一度の休みの日は門弟たちも少ないと睨み、闇討ちを仕掛けてくる気なのだ。

左近は読んだ。

「左様。愚かな事を企てるものだ……」

「して、どうするのですか」

「相手をしてやらなければ、愚かな事はいつ迄も続く」

榊原は、吐息混じりに告げた。

「ならば……」

左近は、榊原の出方を窺った。

「迎え撃つ迄……」

榊原は、不敵に云い放った。

「分かりました」

左近は笑った。

四半刻《しはんとき》（三十分）が過ぎた。

左近は、内弟子の石原祐太郎に見送られて榊原道場を後にした。

石原は、道場の門前に出て左近を見送った。

左近は、背中に石原の視線を感じた。

何かを見定めようとしている……。

左近は苦笑した。


本所横十間川《よこじつけんがわ》に架かっている天神《てんじん》橋の東岸には、亀戸町《かめいどちよう》が連なっている。

その亀戸町に亀戸天満宮がある。

房吉は、亀戸天満宮の西の鳥居の傍にある開店前の料理屋『鶯《うぐいす》や』を見張っていた。

十徳姿の浄空は、浅草新鳥越町の船宿『鶴や』を出て、隅田川を横切って本所に進み、横十間川に入り、天神橋の船着場に下りた。そして、開店前の料理屋『鶯や』に入った。

房吉は、猪牙舟で追って来て見届けた。

料理屋『鶯や』はあまり繁盛していなく、潰れないのが不思議だと噂されていた。

房吉は、料理屋『鶯や』を新鳥越町の船宿『鶴や』同様の忍び宿だと読んだ。

浄空の動きは活発になった。

近々、何かする……。

房吉は睨み、浄空の動きを見張った。


浅草新鳥越町の船宿『鶴や』には、時々客が出入りしていた。

左近は、山谷堀に架かっている今戸橋の袂から船宿『鶴や』を眺めた。

房吉はいない……。

おそらく、浄空か伝造が出掛けたので追ったのだ。

左近は読んだ。

して、どうする……。

今夜、天竜の伝造は配下の忍びの者たちを率いて榊原道場を襲い、主の榊原兵部を闇討ちにする魂胆《こんたん》だ。

先手を打って伝造たちを始末するか……。

それとも、榊原兵部の闇討ちをする時を待つか……。

何れにしろ、浄空と伝造たちを始末しなければならない。そして、盗賊大黒天の藤兵衛の隠し金の有無をはっきりさせない限り、此の騒動は収まらないのだ。
左近は、船宿『鶴や』を見詰めた。

料理屋『鶯や』は開店し、亀戸天満宮の参拝帰りの客が僅かに訪れていた。
房吉は、料理屋『鶯や』を見張り続けていた。
刻は過ぎ、陽は西に大きく傾き始めた。
十徳姿の浄空は、船頭を伴って料理屋『鶯や』から現れ、船着場に向かった。
動く……。
房吉は、船着場に繋いだ猪牙舟の舫い綱を解いた。
浄空を乗せた猪牙舟は、横十間川を竪川に向かった。
房吉は、猪牙舟を船着場から離し、十分な距離を取って追った。
竪川は西日に煌めいた。

猪牙舟は隅田川から山谷堀に入り、今戸橋の下の船着場に船縁を寄せた。
十徳姿の浄空が猪牙舟から下り、船宿『鶴や』に入って行った。
浄空……。

左近は見届けた。

「来ていたんですか」

房吉が現れた。

「やあ。浄空を……」

「ええ。亀戸の『鶯や』って料理屋に行って来ましたよ」

房吉は告げた。

「亀戸の鶯や……」

左近は眉をひそめた。

「ええ。どうやら忍び宿のようです」

房吉は、笑みを浮かべて頷いた。

「そうですか……」

「で、左近さん、榊原先生はどうすると……」

房吉は尋ねた。

「迎え撃つ迄だと……」

「迎え撃つ……」

「ええ。伝造たちの襲撃は今夜……」

「今夜……」

「此度の騒ぎを収めるには、今夜、迎え撃つしかあるまいと……」

左近は苦笑した。

山谷堀には夕陽が映え、吉原に行く船が増えた。

四

夜は更《ふ》け、金龍山浅草寺の鐘が亥《い》の刻四つ（午後十時）を報せた。

船宿『鶴や』から六人の男が現れた。

天竜の伝造と配下の五人の忍びの者たちだった。

伝造……。

左近と房吉は見定めた。

伝造たち六人の忍びの者は、船着場に舫った屋根船に乗り込んだ。

左近と房吉は見守った。

伝造たちを乗せた屋根船は、山谷堀から隅田川に出て流れに乗った。

流れの先には、榊原道場のある駒形町がある……。

「房吉さんは猪牙《ちょき》で追って来て下さい。私は先廻りします」

「承知……」

房吉は、猪牙舟を巧みに操って屋根船を追った。

浅草新鳥越町と駒形町は、浅草広小路を間にして遠くはない。

左近は、猛然と走った。


燭台《しょくだい》の火は抜き放った刀身に映えた。

榊原兵部は、燭台の火の映える刀身を見詰めた。

刀身に映えた火が揺れた。

榊原兵部は、手入れを終えた刀に柄《つか》を嵌《は》めて目釘《めくぎ》を打った。

刀は妖しい輝きを放った。

斬り棄てる……。

榊原兵部は、老顔に冷ややかな笑みを浮かべた。


大川を下ってきた屋根船は、駒形堂傍の船着場に船縁を寄せた。

船頭は、辺りを窺って不審はないと見定めて屋根船の障子の内に合図をした。

屋根船の障子の内から、忍び姿の伝造たちが現れた。

伝造は、五人の配下を従えて船着場に下り、榊原道場に向かって走った。


直心影流榊原道場は、闇に包まれていた。

伝造たち六人の忍びの者は、道場を囲む板塀を音もなく跳び越えた。

榊原道場には、石原祐太郎を始めとした四人の内弟子がいた。

伝造たち六人の忍びの者は、道場の裏手に廻った。そして、勝手口の板戸を小さく叩いた。

板戸が開き、内弟子の石原祐太郎が顔を見せて頷いた。

伝造は、嘲笑を浮かべた。

「座敷に……」

石原は囁き、身を引いた。

伝造たち六人の忍びの者は、勝手口から道場内に入った。


座敷……。

伝造たち六人の忍びの者は、榊原道場の薄暗く狭い廊下を座敷に向かって音もなく進んだ。そして、座敷の前に出た。
伝造は、座敷の様子を窺った。
殺気は窺えない……。
伝造は、座敷の中の様子を見定め、配下の忍びの者を促した。
忍びの者は、襖を開けて踏み込んだ。
刹那、刀が蒼白《あおじろ》く閃いた。
忍びの者は、袈裟《けさ》に斬られて仰け反った。
伝造は狼狽《うろた》えた。
座敷には、榊原兵部が鋒《きっさき》から血の滴り落ちる刀を握り締めて佇んでいた。
「来たか、盗賊……」
榊原は、老顔に笑みを浮かべた。
「おのれ……」
伝造たちは、薄暗く狭い廊下で怯《ひる》んだ。
最後尾にいた忍びの者が、呻き声を洩らして崩れ落ちた。
伝造たちは驚き、困惑した。
石原が、血に濡れた刀を構えて震えていた。

「石原、おのれ……」
伝造は、満面に怒りを露《あら》わにした。
「天竜の伝造とやら、石原祐太郎は儂《わし》の命に従った迄。恨むなら儂を恨め……」
榊原は、冷笑を浮かべて伝造に迫った。
伝造は天井に跳んだ。
榊原は戸惑った。
次にいた忍びの者が榊原に斬り掛かった。
榊原は、咄嗟に躱して座敷に退いた。
三人の忍びの者たちは、追って座敷に踏み込んだ。
榊原は、三人の忍びの者と対峙した。
三人の忍びの者は、榊原に猛然と斬り掛かった。
榊原は、三人の忍びの者を相手に斬り結びながら後退《あとずさ》りした。
三人の忍びの者は、嵩《かさ》に掛かって次々に斬り付けた。
榊原は、障子を開けて縁側に出た。そして、雨戸を蹴破って庭に飛び出した。
三人の忍びの者は、追って庭にいる榊原に飛び掛かった。

榊原は、刀を横薙ぎに斬り上げた。
先頭の忍びの者は、腹を斬られて血を振り撒いて地面に落ちた。
残る二人の忍びの者は、左右に分かれて榊原に斬り付けた。
榊原は、左右から斬り掛かる二人の忍びの者と鋭く斬り合った。
忍びの者の一人が、身を翻して逃げようとした。
榊原は、腹を斬られて倒れた忍びの者の刀を取って投げた。
刀は、逃げようとした忍びの者の背中に深々と突き立った。
忍びの者は、背中に刀を突き立てて斃《たお》れた。
「此迄《これまで》だ……」
榊原は、一人残った忍びの者に刀を突き付けた。
忍びの者は、追い詰められた獣のように榊原に斬り掛かった。
榊原は、老顔に笑みを浮かべて無造作《むぞうさ》に刀を一閃した。
忍びの者は、血を振り撒いて斃れた。
伝造が屋根の上に現れ、忍びの者を斬り棄てた榊原に四方手裏剣を放とうとした。
刹那、伝造は鋭い殺気に襲われて大きく跳び退いた。
左近が屋根の上に現れた。
「ひ、日暮左近……」
「伝造、此迄だ……」
左近は、無明刀を静かに抜いた。
無明刀は、鈍色《にびいろ》の輝きを放った。
伝造は、左近に幾つもの四方手裏剣を連射した。
無明刀は閃き、四方手裏剣を無造作に叩き落とした。
伝造は怯んだ。
左近は、無明刀を頭上高く構え、誘うように笑い掛けた。
天衣無縫《てんいむほう》の構えだ。
「おのれ……」
伝造は、怒りと悔しさに衝き上げられ、猛然と左近に斬り掛かった。
左近は、天衣無縫の構えのまま動かなかった。
伝造は、見切りの内に踏み込みながら鋭い一刀を放った。

剣は瞬速《しゅんそく》……。

無明斬刃《むみょうざんじん》……。

左近は、頭上高く構えた無明刀を真っ向から斬り下げた。

閃光が交錯《こうさく》した。

伝造は、顔を歪ませた。

額から歪んだ顔に赤い血が流れた。

伝造は横倒しに倒れ、屋根を転がって庭に落ちた。

左近は、屋根を蹴って庭に跳んだ。

左近は、屋根から転げ落ちた伝造を検《あらた》めた。

天竜の伝造は息絶えていた。

左近は見届けた。

「日暮どの……」

榊原は、刀に拭いを掛けて鞘に納めた。

「お見事でした」

左近は、老剣客榊原兵部に感心した。

「なに、押し込みを働いた盗賊共を斬り棄てた迄、年寄りの冷水《ひやみず》……」

榊原は苦笑した。

「ならば、残る者共の始末を。御免……」

左近は、榊原道場を後にした。


残るは浄空……。

左近は、伝造に続いて浄空を斃すつもりだった。

左近は、榊原道場を出た。

「左近さん……」

房吉が現れた。

「上首尾《じょうしゅび》でしたね」

「残るは浄空です」

「じゃあ、新鳥越の鶴やに……」

「戻ります」

左近と房吉は、船着場に繋いだ猪牙舟に乗って浅草新鳥越町に急いだ。

新鳥越町の船宿『鶴や』は、夜の闇に沈んでいた。

左近は、房吉を船着場に残して船宿『鶴や』に忍び込んだ。

房吉は、緊張した面持ちで左近が戻るのを待った。


船宿『鶴や』には、旦那の常吉と女将のおきちはいたが、浄空はいなかった。

「浄空は何処だ」

左近は、常吉とおきちに迫った。

「知らぬ……」

常吉は、侮りと嘲りを浮かべた。

「ならば亀戸の鶯やか……」

左近は読んだ。

「何……」

常吉は、左近が亀戸町の料理屋『鶯や』を知っているのに狼狽えた。

次の瞬間、おきちが左近に匕首《あいくち》で突き掛かった。

左近は、咄嗟に常吉を引き摺り込んで盾《たて》にした。

おきちの匕首は、盾にされた常吉の背に突き刺さった。

常吉は、顔を歪めて仰け反り、苦しく呻いて崩れ落ちた。

「お、お前さん……」

おきちは激しく狼狽え、倒れた常吉に取り縋った。

左近は、常吉とおきちに冷たい一瞥を与えて船宿『鶴や』を出た。


本所横十間川の緩やかな流れには、月影が揺れていた。

房吉の操る猪牙舟は、左近を乗せて天神橋の船着場に船縁を寄せた。

左近と房吉は、猪牙舟を下りて料理屋『鶯や』の前に立った。

料理屋『鶯や』は、既に店を閉めていた。

「どうします」

房吉は、左近の出方を窺った。

「呼び出しましょう」

左近は、小さな笑みを浮かべた。

「呼び出す……」

房吉は眉をひそめた。

「ええ……」

左近は、不敵な笑みを浮かべた。


房吉は、料理屋『鶯や』の潜り戸を叩いた。

「今晩は。夜分、畏《おそ》れ入ります」

房吉は、潜り戸を叩いた。

「何方《どなた》ですか」

店から男の声がした。

「はい。伝造さんの使いの者です。浄空さまにお届け物を持参致しました」

房吉は告げた。

「伝造さんから浄空さまにお届け物……」

「はい。榊原道場から出た物を……」

潜り戸が開き、番頭が顔を出した。

房吉は、店の土間に入った。

「浄空さまは……」

房吉は尋ねた。

「只今……」

番頭は、奥に入って行った。

潜り戸から入って来た左近が、房吉に目配せして素早く物陰に隠れた。

番頭が浄空を誘って来た。

「こちらの方にございます」

「うむ。儂が浄空だが、伝造からの届け物とは……」

浄空は、房吉の前に来た。

刹那、左近が浄空の背後に現れ、その細い筋張った首を絞めた。

浄空は、苦しく仰け反って眼を瞠《みは》った。

番頭が驚き、慌《あわ》てて逃げようとした。

房吉が追い縋り、殴り倒した。

番頭は気を失った。

「浄空、お前、忍びの者の伝造とは違い、盗賊だな……」

左近は、伝造からの届け物と聞いて怪しみもせずに出て来た浄空をそう読んだ。

「お、おのれ、日暮左近……」

浄空は、苦しく身を捩《よじ》って踠《もが》いた。

「浄空、伝造が冥土《めいど》で待っている……」

左近は、浄空の細く筋張った首を捻った。

首の骨の折れる乾いた音がした。

浄空は絶命した。

左近は、房吉を促して料理屋『鶯や』の店を出た。


左近は、房吉が出て来るのを待って潜り戸を閉めた。

「じゃあ、帰りますか……」

「ええ……」

左近と房吉は、天神橋の船着場に向かった。


左近を乗せた房吉の猪牙舟は、横十間川を本所竪川に進んだ。

男の悲鳴が響いた。

番頭が気を取り戻し、浄空が殺されているのに気が付いたのかもしれない。

「終わりましたね……」

房吉は、櫓を漕ぎながら笑った。

「いえ、未《ま》だです……」

「未だ……」

房吉は眉をひそめた。

「ええ。盗賊大黒天の藤兵衛が榊原道場に隠した物を見付けない限り、此の騒ぎはいつかまた起きます」

「成る程。未だ終わっちゃあいませんか……」

「はい……」

左近は頷いた。

房吉の漕ぐ猪牙舟の櫓の軋みは、本所竪川に響き渡った。

榊原兵部は、道場に押し入った盗賊共を成敗《せいばい》したと、月番の北町奉行所に届け出た。

北町奉行所吟味方与力《ぎんみかたよりき》の青山久蔵《あおやまきゅうぞう》は、伝造たちの死体を検めて苦笑した。

「して、剣術道場と知って押し込むとは、盗賊共が命を懸ける程のお宝でもあるのかな……」

青山久蔵は、鋭い睨みをみせた。

「左様。此の道場には或る盗賊の隠し金があるという噂がありましてな」

榊原は笑った。

「盗賊の隠し金……」

青山は眉をひそめた。

「うむ。如何《いかが》ですかな、青山どの。その盗賊の隠し金、探してはもらえませんか……」

榊原は笑い掛けた。

「ほう。構わないのかな……」

「ええ。公事宿巴屋の日暮左近どのが、北町奉行所の青山久蔵どのに任せると良いとな」

「成る程、日暮左近が絡んでいたのか……」

青山は苦笑した。

「うむ、如何ですかな……」

「分かった。引き受けよう」

青山は頷いた。

捜索の日、左近は榊原道場を訪れ、青山久蔵に挨拶をした。

「お前さんが絡んでいると聞いてな……」

青山久蔵は苦笑した。

「ま、見ていな……」

青山久蔵は、北町奉行所の小者《こもの》たちと雇った大工や人足たちを使い、榊原道場の縁の下や天井裏などを隅々迄調べた。

左近、榊原兵部、内弟子の石原祐太郎たちは見守った。

やがて、大工と人足たちが響《どよ》めき、道場の縁の下から古びた千両箱が掘り出された。

盗賊大黒天の藤兵衛の隠し金……。

左近と榊原たちは見守った。

千両箱には錆《さ》び付いた錠が掛けられていた。

「よし……」

青山久蔵は、錆び付いた錠を壊して千両箱の蓋《ふた》を開けた。

千両箱の中には、拳大の石が詰められており、やはり拳大の金の大黒天像が一つ入っていた。

青山久蔵は、金の大黒天を検め、噛んだ。

「残念ながら、此の大黒天、金無垢《きんむく》じゃあねえ……」

青山久蔵は苦笑した。

「金張りですか……」

左近は眉をひそめた。

盗賊大黒天の藤兵衛の隠した物は、やはり榊原道場の縁の下にあった。だが、隠した物は小判ではなく、拳大の金張りの大黒天像だった。

「ああ。盗賊の大黒天の藤兵衛、洒落《しゃれ》た真似をしゃがるぜ。ま、此でもみんなの今日の給金にはなるな」

青山久蔵は笑った。

盗賊大黒天の藤兵衛の隠し金探しは終わった。


左近は、榊原道場を後にして馬喰町の公事宿『巴屋』に向かった。

「上手くいきましたね」

房吉が並んだ。

「ええ。して……」

「巷《ちまた》では、榊原道場の縁の下から盗賊大黒天の藤兵衛の隠した拳大の金の大黒天が見付かり、北町奉行所が押収したと専《もっぱ》らの噂ですよ」

房吉は苦笑した。

「早いですね……」

左近は感心した。

「そいつが噂ってやつですよ。それにしても、あの大黒天、あっしたちが千両箱に入れてこっそり埋めたと気付かれないでしょうね」

「房吉さん、気付かれないためには、先ず私たちが忘れてしまう事です」

左近は笑った。

此《これ》で盗賊大黒天の藤兵衛の隠し金を探す者はいなくなる……。

左近は、房吉と一緒に公事宿『巴屋』の暖簾を潜った。

日暮左近……。

質素な形《なり》の武家の娘は、斜向かいの路地から見送った。

やって来た托鉢坊主が、公事宿『巴屋』の前で経を読み始めた。

托鉢坊主の読む経は、公事宿『巴屋』に怪しく響いた。

第三話　六連発

一

夜。

何者かが尾行《つけ》て来る……。

公事宿『巴屋』出入物吟味人の日暮左近は、馬喰町から東西の堀留川を渡って日本橋川に架かる江戸《えど》橋に差し掛かった。

尾行て来る者の気配は続いた。

左近は、尾行て来る者が誰か読んだ。

出入物吟味人などをしている限り、恨みを買って付け狙われる事など幾らでもある。

それとも、陽炎《かげろう》たち秩父《ちちぶ》忍《しの》びに拘わりのある者なのかもしれない。

何《いず》れにしろ、尾行て来る者に心当たりはない。

左近は、背後を窺った。

尾行て来ると思われる者の姿は見えなかった。

尾行の玄人《くろうと》か、それとも忍びの者か……。

左近は、江戸橋に続いて楓川《もみじがわ》に架かっている海賊《かいぞく》橋を渡って南茅場町《みなみかやばちょう》に進んだ。そして、亀島川《かめじまがわ》に出て亀島町川岸通りを南に曲がって道なりに行けば八丁堀に架かる稲荷《いなり》橋になる。

その稲荷橋を渡ると鉄砲洲波除稲荷があり、左近が暮らす公事宿『巴屋』の寮があった。

尾行て来る者に寮は教えられない……。

左近は、亀島町川岸通りに進んだ。

亀島町川岸通りは薄暗く、行き交う人はいなかった。

左近は、亀島川に架かっている亀島橋に差し掛かり、それとなく背後を窺った。

尾行て来ると思われる者の姿は、やはり窺われなかった。

馬喰町からの道を姿を見せずに尾行て来る手練《てだ》れは、忍びの技を身につけている者に違いない。
忍びの者……。
左近は睨み、亀島橋の袂に立ち止まった。
尾行て来る者の気配も止まった。
左近は苦笑し、殺気を放った。
刹那《せつな》、亀島町川岸通りに連なる家並みの屋根の上に微かな煌めきが放たれた。
左近は、咄嗟に亀島橋の欄干《らんかん》に隠れた。
欄干に四方手裏剣が突き刺さった。
睨み通りだ……。
左近は、地を蹴って連なる家並みの屋根に跳んだ。
屋根に潜んでいた忍びの者は、忍び刀を抜いて左近を迎え撃つように跳んだ。
左近と忍びの者は、夜空で交錯した。
忍びの者は忍び刀を一閃した。
左近は苦無《くない》を放った。
煌めきが瞬いた。
左近と忍びの者は離れた。

忍びの者は亀島橋の袂、左近は家並みの屋根の上に、それぞれ位置を変えた。

忍びの者はよろめいた。

その腹には、苦無が深々と叩き込まれ、血が滲み出ていた。

忍びの者はよろめき、亀島川に転げ落ちた。

水飛沫《しぶき》があがった。

左近は、亀島橋の袂に跳び下り、亀島川の流れを見た。

忍びの者の死体が亀島川を流れて行く。

亀島川の流れは高橋《たかばし》を潜り、八丁堀と合流して鉄砲洲波除稲荷の傍から江戸湊に出る。

忍びの者の死体は、僅かな刻で江戸湊に流れて消える。

左近は、亀島川を流れて去って行く忍びの者の死体を見送った。

何処の忍びの者だったのか……。

盗賊大黒天の藤兵衛の隠し金の一件で斃した天竜の伝造と拘わりのある忍びの者なのか……。

左近は、天竜の伝造が何処の忍びか知らなかった。

亀島橋の欄干には、忍びの者が投げた四方手裏剣が突き刺さっていた。

何処の忍びの者か……。

素性を突き止める手掛かりは、欄干に突き刺さっている四方手裏剣だけなのだ。

左近は、欄干に突き刺さっている四方手裏剣を抜き取って検《あらた》めた。

何の変哲もない四方手裏剣だった。

分からぬ……。

左近は苦笑した。

亀島川の流れに月影は揺れた。


神田川沿いにある柳原《やなぎわら》通りは、神田八ツ小路から両国広小路を結んでいる。

柳森《やなぎもり》稲荷は柳原通りの途中にあり、鳥居の前には古着屋、古道具屋、七味唐辛子売りなどが並び、屋台に毛の生えたような葦簀《よしず》張りの飲み屋が奥にあった。

「邪魔をする……」

左近は、葦簀張りの飲み屋に入った。

「おいでなさい……」

飲み屋の老亭主は、左近を鋭く一瞥した。

「何処の忍びの者かな……」

左近は、老亭主の前に四方手裏剣を置いた。

老亭主は、左近を見返した。

「分かれば、教えて欲しい……」

左近は、四方手裏剣の傍に小判を置いた。

老亭主は苦笑し、四方手裏剣を手に取って検めた。

左近は見守った。

「さあて。四方手裏剣は伊賀を始め、いろいろな忍びが使っている」

老亭主は眉をひそめた。

「分からぬか……」

「ああ。小判は貰えねえようだ」

老亭主は、四方手裏剣を小判の傍に戻した。

「そうか……」

「お前さん、ひょっとしたら日暮左近じゃあないのかい……」

老亭主は、左近に笑い掛けた。

「うむ……」

左近は、老亭主を見据えて頷いた。

「やっぱりな。噂通りの人相風体《ふうてい》だ……」

老亭主は、皺《しわ》だらけの老顔に笑みを浮かべて左近を眺めた。

「そうか。嘉平《かへい》もな……」

左近は小さく笑った。

葦簀張りの飲み屋の老亭主は、はぐれ忍びの嘉平と云い、抜け忍や忍び崩れの者に秘かに忍びの仕事の周旋《しゆうせん》をしており、江戸に潜り込んでいる様々な忍びの者たちの動静に詳しかった。

「ああ。で、此の四方手裏剣を使う忍びの者に襲われたのかい……」

嘉平は読んだ。

「何か知っているのか……」

左近は、厳しさを滲ませた。

「天竜の伝造って忍び崩れの盗っ人が日暮左近に斬り棄てられたって噂をな」

「伝造を知っているのか……」

「時々、此処に来ていたよ」

「伝造、何処の忍び崩れなのだ」

「甲斐《かい》忍びだ……」

「伝造が甲斐忍びならば、その四方手裏剣を使った忍びも……」

左近は読んだ。

「いや。伝造たち盗っ人になった忍び崩れは、様々な流派の者たちだ」

「伝造の恨みを晴らす義理もなければ、人情もないか……」

左近は読んだ。

「ああ。所詮は忍び崩れ、はぐれ忍びの寄せ集めだ」

嘉平は苦笑した。

「ならば、俺を襲った忍びの者は……」

左近は眉をひそめた。

「さあて、何が狙いなのか……」

嘉平は、皺だらけの老顔を面白そうに綻《ほころ》ばせた。

左近は、思わず苦笑した。


葦簀張りの飲み屋の老亭主、はぐれ忍びの嘉平は、左近を尾行た忍びの者に心当たりはなかった。

左近は見定め、柳森稲荷から馬喰町の公事宿『巴屋』に向かった。

公事宿『巴屋』の隣の煙草屋には、お春と隠居たちはいなかった。

左近は、公事宿『巴屋』の表を窺った。

物陰や路地に潜んだり、公事宿『巴屋』を眺めているような者はいなかった。

怪しい者はいない……。

左近は見定め、公事宿『巴屋』の暖簾を潜った。

「あら、左近さん……」

帳場にいたおりんが迎えた。

「やあ……」

「鉄砲洲の波除稲荷にいないそうね」

おりんは眉をひそめた。

「うむ……」

「叔父さんが用があって、清次《せいじ》を走らせたけど、いなかったって……」

「そいつは無駄足を踏ませたな……」

左近は、尾行て来た忍びの者を斃した夜以来、鉄砲洲波除稲荷の傍の『巴屋』の寮に帰っていなかった。

「何かあったの……」

おりんは、厳しさを過ぎらせた。

「うむ。して、旦那は……」

左近は尋ねた。


左近は、彦兵衛とおりんに鉄砲洲波除稲荷の傍の寮にいない理由を話した。

「得体の知れぬ忍びの者ですか……」

彦兵衛は眉をひそめた。

「ええ。ですが、その後、何事もないので寮に戻りますよ」

左近は笑った。

「そうですか……」

彦兵衛は頷いた。

「本当に大丈夫なんですか……」

おりんは心配した。

「ま、その時はその時です」

左近は笑った。

「もう……」

おりんは眉をひそめた。

「して、用とは……」

左近は、彦兵衛を見詰めた。

「そいつなんですが、浜町堀は高砂町《たかさごちょう》に南蛮《なんばん》堂って唐物屋《からもの》がありましてね」

「唐物屋の南蛮堂ですか……」

唐物屋とは、唐天竺《からてんじく》や南蛮などの諸外国から渡来した品物を扱う店だ。

「ええ。その南蛮堂の旦那の文五郎《ぶんごろう》さんがおみえになりましてね。ご隠居の文蔵《ぶんぞう》さんの様子がどうにもおかしいので、ちょいと探ってくれないかと……」

「隠居の文蔵……」

「ええ。公事や出入りの訴訟とは拘わりのない仕事なのですがね……」

彦兵衛は、申し訳なさそうに告げた。

「隠居の文蔵の様子、どんな風におかしいのですか……」

左近は訊いた。

「何でも、旦那に内緒で南蛮渡りの六連発の短筒《たんづつ》を探しているらしいと……」

彦兵衛は囁いた。

「六連発の短筒……」

左近は眉をひそめた。

「ええ。六連発の短筒は御禁制の品。ご隠居が本当に手に入れようとしているなら、事はご隠居一人では済みません。それで、旦那の文五郎さんが……」

「六連発の短筒とは、私も見てみたいものです……」

「じゃあ……」

「ええ。やってみましょう」

左近は、小さな笑みを浮かべた。

「そうですか、引き受けてくれますか。そいつはありがたい……」

彦兵衛は、安堵を浮かべた。

店先から経が聞こえて来た。

「あら、托鉢のお坊さん、又来たわ。このところ、良く来るのよね……」

おりんは店に向かった。

「じゃあ左近さん、ちょいと南蛮堂に行ってみますか……」

「ええ……」

左近は頷いた。

浜町堀には荷船が行き交っていた。

左近と彦兵衛は、浜町堀沿いの道を南に向かった。

浜町堀沿いの柳並木は、吹き抜ける微風に緑の枝葉を揺らしていた。

左近と彦兵衛は、浜町堀に架かっている緑橋《みどり》、汐見橋《しおみ》、千鳥橋《ちどり》、栄橋《さかえ》の袂を通り、高砂橋にやって来た。

高砂橋の西詰に連なる町並みが高砂町であり、浜町堀の東側には越前《えちぜん》国勝山《かつやま》藩江戸上屋敷や旗本屋敷が連なっていた。

左近と彦兵衛は、高砂橋の西詰から唐物屋『南蛮堂』を眺めた。

唐物屋『南蛮堂』は、暖簾を揺らしていた。

左近は、唐物屋『南蛮堂』と高砂橋の周辺を詳しく窺った。

唐物屋『南蛮堂』の周辺に不審な者はおらず、高砂橋の船着場に変わった舟も繋がれていなかった。

「如何《いかが》ですか……」

彦兵衛は、左近を窺った。

「別に不審な様子は感じられません」

左近は見定めた。

「そうですか。じゃあ……」

彦兵衛は、左近を伴って唐物屋『南蛮堂』に向かった。

唐物屋『南蛮堂』の店先には『異国新渡奇品珍品類　南蛮堂』の看板が掛けられ、店内では羅紗《らしゃ》、呉絽《ごろ》、宝石、珊瑚《さんご》、玻璃《はり》の瓶や菓子皿、壺などの舶来品が売られていた。

彦兵衛と左近は、番頭に誘われて奥の座敷に通った。

奥の座敷は庭に面しており、陽差しに溢れていた。

彦兵衛と左近は、旦那の文五郎と向かい合った。

旦那の文五郎は、四十歳を過ぎた実直そうな男だった。

「で、文五郎さん、此方《こちら》がお話しした出入物吟味人《でいりものぎんみにん》の日暮左近さんです」

彦兵衛は、唐物屋『南蛮堂』文五郎に左近を引き合わせた。

「南蛮堂文五郎です。わざわざお出でいただきまして畏《おそ》れ入ります」

文五郎は、左近に頭を下げた。

「日暮左近です……」

「で、文五郎さん、ご隠居さまは……」

彦兵衛は訊いた。

「これから出掛けると云っているそうです」

文五郎は眉をひそめた。

「何処に……」

「さあ。それが訊いても答えず、分からないのです……」

「お供は……」

「無用と……」

文五郎は、困惑を浮かべた。

「じゃあ、お一人で……」

「ええ。女房をとっくに亡くした六十過ぎの年寄りが、一人で何処に行くつもりなのか……」

文五郎は、吐息混じりに告げた。

「ご隠居さま、女は……」

「昔は囲っておりましたが、今はどうですかね……」

文五郎は、隠居文蔵の女関係は良く知らなかった。

「そうですか……」

「して、ご隠居はその後、六連発の短筒の事は……」

左近は尋ねた。

「えっ。そういえば、六連発の短筒の事、近頃は何も……」

「云わないのですか……」

「ええ。もっとも誰かに秘かに探せと命じ、口止めをしているのかもしれませんが……」

文五郎は読んだ。

「そうですか……」

左近は頷いた。

「旦那さま、ご隠居さまがお出掛けにございます」

手代が報せに来た。

「うむ……」

文五郎は頷いた。

「ならば、追ってみますか……」

左近は立ち上がった。

唐物屋『南蛮堂』の隠居の文蔵は、文五郎や番頭に見送られて高砂橋の船着場から猪牙舟に乗り込んだ。

隠居の文蔵を乗せた猪牙舟は、高砂橋の船着場を離れて浜町堀を大川に向かった。

文五郎と番頭、そして彦兵衛は見送った。

文蔵を乗せた猪牙舟は、隣の小川橋の船着場を過ぎて大川の三ツ俣《みつまた》に進んだ。

小川橋の船着場から猪牙舟が流れに乗り出した。

猪牙舟には左近が乗っていた。

左近の乗った猪牙舟は、文蔵を乗せた猪牙舟を追った。

文蔵の乗った猪牙舟は、浜町堀から三ツ俣に出た。そして、大川の流れを遡《さかのぼ》った。

左近の乗った猪牙舟は追った。

隠居の文蔵は、何故に六連発の短筒を探しているのか……。

誰かを殺すためか、それとも誰かに頼まれての事なのか……。

左近は、六連発の短筒が気になってならなかった。

猪牙舟の舳先に切り裂かれた波は、水飛沫となって煌めいた。


猪牙舟、屋根船、荷船……。

大川には様々な船が行き交っていた。

文蔵の乗った猪牙舟は大川を遡り、新大橋《しんおおはし》を潜って両国橋に向かった。

左近の乗った猪牙舟は追った。

文蔵の乗った猪牙舟は、両国橋を潜って神田川を過ぎ、浅草御蔵から吾妻《あずま》橋に進んだ。

左近の乗った猪牙舟は追った。


浅草吾妻橋は、浅草広小路と北本所を結んでいる。

左近は猪牙舟の舳先に座り、文蔵の乗った猪牙舟を見据えていた。

文蔵の乗った猪牙舟は、吾妻橋の手前の竹町《たけちょう》之《の》渡《わた》し場《ば》に船縁を寄せた。

「船頭、竹町之渡し場だ……」

左近は告げた。

「へい……」

船頭は、猪牙舟の舳先を竹町之渡し場に向けた。

隠居の文蔵は、猪牙舟から竹町之渡し場の船着場に下りた。

船着場には羽織を着た中年男が待っており、隠居の文蔵に挨拶をしながら近寄った。

隠居の文蔵は、羽織を着た中年男と竹町之渡し場から浅草広小路に向かった。

左近の乗った猪牙舟は、竹町之渡し場に船縁を寄せた。

左近は、竹町之渡し場に跳び下り、羽織を着た男に誘われて浅草広小路に行く隠居の文蔵を追った。

二

浅草広小路は、金龍山浅草寺の参拝客と吾妻橋を行き交う人で賑わっていた。

隠居の文蔵は、羽織を着た中年男に誘われて浅草広小路を横切り、花川戸町にある料理屋の紫の暖簾を潜った。

左近は見届けた。

料理屋の紫の暖簾には、『花《はな》むら』の文字が白く染め抜かれていた。

料理屋花むらか……。

左近は、料理屋花むらを窺った。

隠居の文蔵は、料理屋花むらに何しに来たのか……。

誰かと逢っているのか……。

羽織を着た中年男は何者なのか……。

左近は、想いを巡らせた。

しかし、想いを巡らせているだけでは、何も分からない。

よし……。

左近は、料理屋『花むら』に忍び込む事にした。

料理屋『花むら』には下足番《げそくばん》の老爺《ろうや》がおり、表と店を行き来していた。

左近は、下足番の老爺が店に入った時、素早く裏手に廻った。

左近は、料理屋『花むら』の庭に忍び込み、植込みの陰から並ぶ座敷を窺った。

並ぶ座敷は障子を開け放し、酒や料理を楽しんでいる客の姿が見えた。

左近は、並ぶ座敷に隠居の文蔵を捜した。

文蔵は、端の座敷で羽織を着た中年男や袴《はかま》姿の若い武士と酒を飲んでいた。

何者だ……。

左近は、植込み伝《づた》いに庭を走り、並ぶ座敷の縁の下に忍び込んだ。そして、隠居の文蔵、羽織を着た中年男、袴姿の若い武士のいる端の座敷に向かって縁の下を進んだ。

縁の下には蜘蛛《くも》の巣が張り、様々な虫の死骸が転がっていた。そして、頭上の座敷からは、様々な話し声と楽しげな笑い声が洩れていた。

左近は、端の座敷の縁の下に進んだ。

「そうか、何とか手に入りそうか……」

頭上から男の声がした。

声の感じや語り口から袴姿の若い武士……。

左近は読んだ。

「ええ。どうにか……」

隠居の文蔵の声がした。

左近は、聞き耳を立てた。

羽織を着た中年の男は、袴姿の若い武士と文蔵に酌をした。

「ならば、金はいくら仕度《したく》すれば良い……」

若い武士は、文蔵を見詰めた。

「今は亡きお父上さまにはご贔屓《ひいき》いただきました。お代は結構にございますよ」

文蔵は笑った。

「忝《かたじけな》い……」

若い武士は、文蔵に深々と頭を下げた。

「いいえ。では品物が手に入り次第、此の増吉《ますきち》を報せに行かせます」

文蔵は、羽織を着た中年男を増吉と呼んで示した。

「うむ。何分《なにぶん》、宜しく頼む」

若い武士は、文蔵と増吉に頭を下げた。

「いえ。ささ、お一つ……」

文蔵は、若い武士に徳利を向けた。

手に入る品物とは、六連発の短筒の事なのか……。

もし、そうだとすると、唐物屋『南蛮堂』の隠居文蔵の六連発の短筒探しは、若い武士に頼まれての事なのだ。

左近は読んだ。

ならば、袴姿の若い武士は何者で、何のために六連発の短筒が欲しいのだ。

左近は気になった。

そして、左近は羽織を着た中年男の名が増吉だと知った。

文蔵、増吉、若い武士は、酒と料理を楽しんで四半刻《しはんとき》（三十分）を過ごした。

「ならば、そろそろ……」

若い武士の声がした。

潮時だ……。

左近は、座敷の縁の下を戻って庭から出た。


隅田川は西日に輝いた。

料理屋『花むら』から袴姿の若い武士は帰って行った。

左近は見送った。

僅かな刻が過ぎ、隠居の文蔵と増吉が料理屋『花むら』から出て来た。

高砂町の唐物屋『南蛮堂』に帰るのか、それとも他の処《ところ》に行くのか……。

左近は見守った。

隠居の文蔵と増吉は、料理屋『花むら』を出て浅草広小路に向かった。

左近は追った。


隅田川に架かっている吾妻橋には、多くの人々が往き来していた。

隠居の文蔵と増吉は、吾妻橋を渡り始めた。

本所か向島《むこうじま》に行くのか……。

左近は追った。

文蔵と増吉は、吾妻橋を渡って肥後《ひご》国熊本新田《くまもとしんでん》藩江戸下屋敷の前に出て北隣の出羽《でわ》国秋田《あきた》藩江戸下屋敷の方に曲がった。

向島か……。

左近は、文蔵と増吉を尾行《つけ》た。

隠居の文蔵と増吉は、隅田川沿いの向島の土手道を進んだ。そして、三囲《みめぐり》稲荷や牛《うし》の御前《ごぜん》の横を通って桜餅で名高い長命寺《ちょうめいじ》の手前の田舎道に曲がった。

何処に行く……。

左近は尾行た。

田舎道は、長命寺の土塀と小川の間に続いた。そして、長命寺の土塀が途切れ、高い垣根に代わった。

垣根の向こうには洒落《しやれ》た家があった。

隠居の文蔵と増吉は、垣根の木戸門から洒落た家に入って行った。

左近は走り、垣根の木戸門から洒落た家を窺った。

文蔵と増吉は既に洒落た家に入ったのか、その姿は見えなかった。

左近は、洒落た家の周辺を窺った。

裏手の畑で百姓が野良仕事に励んでいた。

よし……。

左近は、百姓に聞き込みを掛ける事にした。


「ああ。あの家ですか……」

百姓は、垣根に囲まれた洒落た家を眺めた。

「うむ。誰が住んでいるのかな……」

「ああ。あの家は大店《おおだな》のご隠居さまの持ち物でしてね、今は何処かの年増が暮らしていますよ」

「何処かの年増……」

「ええ。婆やさんと一緒に……」

「そうですか……」

垣根に囲まれた洒落た家の持ち主の大店の隠居は、唐物屋『南蛮堂』の文蔵なのだ。

左近は読んだ。

そして、洒落た家には、年増が婆やと一緒に暮らしていた。

年増は何者なのか……。

秘かに囲われているのか……。

左近の疑念は広がった。

隅田川は夕陽に照らされた。

隠居の文蔵と増吉は、粋な形《なり》の年増と婆やに見送られて洒落た家から出て来た。

年増……。

左近は見届けた。
隠居の文蔵は、粋な形の年増と婆やに見送られ、増吉と隅田川に向かった。
左近は追った。

向島三囲稲荷の前には竹屋《たけや》ノ渡し場があり、猪牙舟が繋がれていた。
隠居の文蔵と増吉は、土手を下りて竹屋ノ渡し場に向かった。
猪牙舟の船頭が待っていた。
隠居の文蔵は、増吉に見送られて猪牙舟に乗った。
高砂町の唐物屋『南蛮堂』に帰る……。
左近は読んだ。
文蔵を乗せた猪牙舟は、増吉に見送られて船着場を離れた。
左近は見送った。
増吉は、文蔵を乗せて隅田川を下って行く猪牙舟を見送り、土手道にあがった。
左近は見送った。
増吉は、土手道から文蔵の乗った猪牙舟が去って行くのを眺めた。
文蔵の乗った猪牙舟は、吾妻橋の下を過ぎて行った。

増吉は見届け、踵《きびす》を返して来た道を戻り始めた。
何処に行く……。
左近は、戸惑いながら増吉を追った。

増吉は来た道を戻り、垣根に囲まれた洒落た家に戻った。
そして、木戸門を潜り、格子戸を叩いた。
僅かな刻が過ぎ、粋な形の年増が格子戸を開けて顔を出して笑った。
増吉は、年増の尻をさっと一撫でして格子戸の中に入った。
年増は、辺りを見廻して格子戸を閉めた。
増吉と年増は情を交わしている……。
左近は読んだ。
夕陽は沈み、向島に大禍時《おおまがとき》が訪れた。

長命寺の鐘が、亥の刻四つ（午後十時）を報せた。
垣根に囲まれた家の格子戸が開き、増吉が着崩れた寝間着姿の年増に見送られて出て来た。

「楽しかったぜ……」

増吉は、年増の寝間着の襟元に手を入れて胸を揉んだ。

「増吉っつあん。泊まっていってよ……」

年増は、鼻声で身を捩《よじ》った。

「そうもいかねえ。じゃあな……」

増吉は苦笑し、足早に垣根に囲まれた家を出た。

左近は追った。


増吉は、夜の土手道を提灯も持たずに足早に吾妻橋に向かった。

夜道に馴れた足取りだ……。

左近は追った。

隅田川の流れに月影は揺れた。


夜の浅草広小路に人気はなく、夜風が吹き抜けていた。

増吉は、吾妻橋から浅草広小路を通って東仲町《ひがしなかちよう》の裏通りに進んだ。そして、裏通りにある雨戸を閉めた小さな店の路地に入って行った。

左近は、小さな店の屋根に跳んだ。
そして、屋根の上を裏手に走り、見下ろした。
増吉は、小さな店の裏口に入って行った。
左近は見届けた。

小さな店の雨戸の隙間から明かりが洩れた。
増吉が明かりを灯《とも》したのだ。
一人暮らし……。
左近は読んだ。
小さな店には『古道具・河童堂』と書かれた看板が掲げられていた。
「古道具の河童《かっぱ》堂か……」
増吉は、古道具屋『河童堂』の主なのだ。
左近は知った。
唐物屋『南蛮堂』の隠居の文蔵は、若い武士に頼まれて六連発の短筒を探していた。

隠居の文蔵の取り巻きには、古道具屋の増吉がおり、何かと便利に使っているようだ。

増吉は一筋縄ではいかぬ強《したた》か者であり、隠居の文蔵の囲い者の年増と秘かに出来ているのだ。

そして、隠居の文蔵は、六連発の短筒を手に入れる手立てがついたようなのだ。

左近は、分かった事を整理し、彦兵衛に報せた。

「じゃあ、ご隠居は、若いお侍に頼まれて六連発の短筒を探していたんですか……」

彦兵衛は眉をひそめた。

「ええ……」

左近は頷いた。

「じゃあ、次はその若いお侍の名前と素性ですが、分かっているんですか……」

彦兵衛は訊いた。

「いえ、そいつは未だ……」

「未だ……」

「ええ。先ずは隠居の動きを見定めようと思いましてね」

「成る程。で、突き止める手立ては……」

「手っ取り早いのは、古道具屋の増吉を締め上げる事ですが……」

「成る程、そいつは良い」

彦兵衛は笑った。

「ですが、下手に締め上げて、隠居の文蔵に筒抜けになっては……」

左近は首を捻った。

「左近さん、増吉、ご隠居の囲い者と出来ているそうですね」

彦兵衛は苦笑した。

「ええ……」

「ならば、そいつを口止めにしては如何ですか……」

「成る程、そいつを使いますか……」

左近は笑った。

浅草東仲町の裏通りには、浅草広小路の賑わいは聞こえていなかった。

古道具屋の『河童堂』は、店先に大きな河童の木像を置いていた。

左近は、古道具屋『河童堂』を窺った。

古道具屋『河童堂』の狭い店内には、様々な木像、掛軸、茶道具、書画骨董《こっとう》などが雑多に置かれ、奥の薄暗い帳場には増吉が座っていた。

よし……。

左近は、古道具屋『河童堂』に向かった。

「邪魔をする……」

左近は、『河童堂』の雑多に品物の置かれた狭い店に入り、奥の薄暗い帳場に進んだ。

「いらっしゃいませ……」

増吉は、左近を迎えた。

「やあ……」

「何かお探しですか……」

増吉は、帳場を出て左近に笑い掛けた。

「ああ……」

「さあて、店にあれば良いのですが、なければお探し致しますが……」

増吉は揉み手をし、左近に狡猾《こうかつ》な眼を向けた。

「そうか。ならば尋ねるが、昨日、浅草花川戸の料理屋花むらで南蛮堂の隠居と一緒に逢った若い侍、何処の誰か教えてもらおうか……」

左近は笑い掛けた。

「えっ……」

増吉は、思わぬ質問に戸惑った。

「若い侍は何処の誰だ……」

左近は、増吉を見据えた。

「だ、旦那は……」

増吉は、微かに声を震わせた。

「俺が誰かは知らぬ方が身のためだ。昨日、花むらで逢った若い侍だ。云わなければ、増吉は向島に囲っている年増と秘かに情を交わしていると、南蛮堂の隠居の文蔵に報せる迄だ」

左近は、冷笑を浮かべた。

「そ、そんな……」

増吉は、激しく狼狽えた。

「隠居の文蔵に知られたくなければ、若い侍が何処の誰かさっさと云うのだな」

左近は詰め寄った。

「あ、あの若いお侍は、下谷《したや》練塀《ねりべい》小路の組屋敷にお住まいの宗方和馬《むなかたかずま》さまです」

増吉は、苦しげに吐いた。

「練塀小路の宗方和馬……」

左近は眉をひそめた。

「はい……」

増吉は頷いた。

「御家人《ごけにん》か……」

「はい……」

「隠居の文蔵とは、どのような拘わりなのだ」

「宗方和馬さまの亡くなったお父上とご隠居は碁敵《ごがたき》だったそうです」

「成る程。隠居の文蔵の亡き碁敵の倅《せがれ》か……」

「はい……」

「ならば、宗方和馬、何故に南蛮渡りの六連発の短筒を欲しがっているのだ」

左近は斬り込んだ。

「えっ……」

増吉は、困惑を浮かべた。

「今更、知らぬとは云わせぬ」

左近は、増吉を冷たく見据えた。

「は、はい……」

増吉は項垂《うなだ》れた。

「宗方和馬が南蛮渡りの六連発の短筒を欲しがる理由はなんだ」

左近は問い詰めた。

「斬り合っては敵わぬ相手を斃《たお》すためだそうにございます」

「敵わぬ相手とは……」

「知りません……」

増吉は、恐ろしそうに首を横に振った。

「そうか。ならば、隠居の文蔵は、いつ誰から南蛮渡りの六連発の短筒を手に入れるのだ」

「今日、同業の唐物屋和蘭陀《オランダ》屋の旦那さまから……」

「和蘭陀屋の旦那から……」

「はい……」

増吉は、諦めたかのように吐息混じりに頷いた。

唐物屋『南蛮堂』の隠居の文蔵は、亡き碁敵の倅の宗方和馬に頼まれて南蛮渡りの六連発の短筒を探し、同業の『和蘭陀屋』の旦那から手に入れる手筈になっていた。

左近は知った。

「ならば増吉、隠居の文蔵は、今日和蘭陀屋から手に入れる六連発の短筒をいつ宗方和馬に渡すのだ……」

左近は訊いた。

「明日、花川戸の花むらで……」

増吉は項垂れた。

「そうか。良く分かった」

左近は頷いた。

「旦那、手前は何もかも話しました。ですから、どうか南蛮堂のご隠居さまには……」

増吉は、左近に縋《すが》る眼を向けた。

「うむ。一切、何も云わぬと約束する。それ故、お前も私の事は何もかも忘れるのだな」

左近は微笑んだ。

「は、はい。此の通り、宜しくお願いします」

増吉は、左近に深々と頭を下げた。そして、頭を上げた時、左近の姿は既に古道具の溢れる店にはなかった。

三

下谷練塀小路には、物売りの声が長閑《のどか》に響いていた。

左近は、下谷練塀小路に宗方和馬の組屋敷を探した。

宗方和馬の組屋敷は、練塀小路の中程にあった。

左近は、周囲の屋敷の者や行商の物売り、棒手振《ぼてふ》りなどに聞き込みを掛けた。

宗方和馬は、小普請《こぶしん》の御家人で既に両親を亡くし、飯炊きを兼ねた老下男と二人で暮らしていた。

和馬は、子供の頃から文武に励み、近所でも評判の良い若侍だった。

だが、和馬は斬り合っても敵わない相手を斃すため、隠居の文蔵に六連発の短筒を手に入れるように頼んだ。

子供の頃から剣術に励み、それなりの遣い手の筈の宗方和馬が敵わない相手だとなると、よほどの手練《てだ》れと思われる。

それとも、六連発の短筒は和馬以外の誰かが使うのかもしれない。

左近は、聞き込みを続けた。

「許嫁《いいなずけ》……」

左近は眉をひそめた。

「ええ。宗方和馬さまには、亡くなられた御父上さまたちが決められた許嫁がいるのですが、相手の娘さんの家にもいろいろ事情があるそうでしてね。なかなか一緒になれないそうですよ」

行商の鋳掛《いかけ》屋の老職人は、宗方家の老下男と同郷で親しい間柄だった。

「そいつは気の毒な話だな……」

左近は同情した。

「ええ……」

鋳掛屋の老職人は、白髪眉をひそめて深く頷いた。

宗方和馬は、誰に訊いても人柄の良い真面目な若侍だった。
そんな宗方和馬が、御禁制の六連発の短筒を欲しがっている。
何故だ……。
左近は、疑念を募らせた。
東叡山寛永寺《とうえいざんかんえいじ》の鐘が未《ひつじ》の刻八つ（午後二時）を報せた。
宗方屋敷の板塀の木戸門が開いた。
左近は、素早く物陰に隠れた。
若い侍が木戸門から出て来た。
宗方和馬……。
左近は読んだ。
宗方和馬は、木戸門の周囲を見廻して神田川に向かった。
何処に行く……。
宗方和馬を尾行《つけ》れば、評判とは違う顔を見られるかもしれない。
よし……。
左近は、宗方和馬を尾行た。
宗方和馬は、落ち着いた足取りで神田川に進んだ。

左近は追った。

神田川には荷船が行き交っていた。

宗方和馬は、神田川沿いの道を柳橋《やなぎばし》に向かった。

柳橋の手前には浅草御門があり、渡れば両国広小路だ。

宗方和馬は何処に行くのだ……。

左近は、慎重に尾行た。

神田川は柳橋を潜り、大川に流れ込む。

宗方和馬は、柳橋を渡って両国広小路に進んだ。

両国広小路には見世物小屋や露店が連なり、大勢の遊び客で賑わっていた。

和馬は、両国広小路の雑踏を嫌って端を進み、大川に架かっている両国橋に向かった。

左近は追った。

両国橋は両国広小路と本所を結んでおり、多くの人が行き交っていた。

宗方和馬は、両国橋を渡って何処に行くのか……。
左近は、充分に距離を取って慎重に追った。

宗方和馬は、両国橋を渡って本所回向院に向かった。
回向院は、明暦《めいれき》の大火（振袖火事）の無縁仏を供養するために建立《こんりゅう》された寺であり、火事の時に牢屋敷から解き放しになった囚人たちの集合場所になっていた。

回向院の境内には参拝客が訪れ、幼い子供たちが遊んでいた。
宗方和馬は、境内の隅の茶店を訪れ、亭主に茶を頼んで縁台に腰掛けた。
左近は、木陰から見守った。
宗方和馬は、運ばれて来た茶を飲みながら境内で遊ぶ子供たちを眺めた。
誰かと待ち合わせをしているのか……。
左近は読んだ。
僅かな刻が過ぎ、質素な着物の武家の娘が足早にやって来た。
武家の娘は、宗方和馬に挨拶をして縁台の隣に腰掛けた。
宗方和馬は、茶店の亭主に武家の娘の茶を注文した。

武家の娘と宗方和馬は、真剣な面持ちで話を始めた。

どういう拘わりなのだ……。

左近は、宗方和馬と武家の娘の拘わりを読んだ。

ひょっとしたら許嫁かもしれない……。

左近の勘が囁いた。

回向院に来る武家の娘となると、屋敷は本所南割下水の組屋敷街にあるのかもしれない。

左近は睨んだ。

宗方和馬と武家の娘は、真剣な面持ちで何事かを話し続けた。

そして、半刻が過ぎた頃、宗方和馬と武家の娘は茶店を出た。

武家の娘は、宗方和馬に深々と頭を下げて回向院の裏門に向かった。

宗方和馬は、名残《なごり》惜しそうに武家の娘を見送った。

どうする……。

左近は迷った。

宗方和馬を引き続き尾行るか、武家の娘の素性を突き止めるか……。

宗方和馬が、隠居の文蔵から六連発の短筒を受け取るのは明日だ。

決めた……。

左近は、武家の娘を追い、その素性を突き止める事にした。

本所南割下水の流れは緩やかだった。

武家の娘は、南割下水沿いの道を東に進んだ。

左近は尾行た。

此のまま進むと陸奥国弘前藩江戸上屋敷がある。

左近は、以前此処に来たのを思い出した。

弘前藩江戸上屋敷の裏を流れる南割下水に架かっている小橋を渡ると、左近が斃した青木精一郎の組屋敷がある。

武家の娘は、弘前藩江戸上屋敷裏の小橋を渡った。

まさか……。

左近は、戸惑いを覚えた。

武家の娘は、小橋を渡って青木屋敷の木戸門を潜った。

久美……。

左近は気が付いた。

武家の娘が入った組屋敷は、薬種問屋『萬宝堂』の若旦那宗助の恋煩いを利用して毒薬を手に入れようとし、左近に斃された青木精一郎の屋敷なのだ。

武家の娘は、青木精一郎の妹の久美……。

青木久美なのだ。

左近は、小橋の袂に佇んで青木屋敷を眺めた。

青木屋敷は静けさに覆われていた。

宗方和馬の許嫁は、青木久美なのかもしれない。

左近は睨んだ。

もし、青木久美が宗方和馬の許嫁だったらどうなる……。

そして、青木久美は宗方和馬が手に入れようとしている六連発の短筒と何らかの拘わりがあるのか……。

左近は困惑した。

行燈の火は瞬いた。

「それはそれは、妙な事になって来ましたね」

彦兵衛は困惑を浮かべた。

「ええ。御家人の宗方和馬と青木久美は親の決めた許嫁であり、宗方が隠居の文蔵に六連発の短筒を手に入れてくれと頼んだのは、久美に拘わりがあるのかもしれません」

左近は読んだ。

「ひょっとしたら左近さん。青木久美は兄の青木精一郎が公事宿巴屋の出入物吟味人の日暮左近に斃されたと知り、仇《かたき》を討とうとしているのかもしれませんね」

彦兵衛は読んだ。

「あっ。そうか……」

おりんは、何かを思いだした。

「どうした、おりん……」

「いつだったか、お春さんたちが左近さんの事を訊き廻っている若い女がいるって。あの時の若い女ってのは、青木久美だったのかもしれないわね」

おりんは告げた。

「そうか……」

左近は思い出した。

青木久美は、兄の青木精一郎の最期を知り、その恨みを我が手で晴らそうと日暮左近を調べた。そして、日暮左近に恨みを晴らすには、尋常な手立てでは無理だと気が付き、許嫁の宗方和馬に相談した。

尋常な手立てで日暮左近は斃せない……。

宗方和馬と青木久美は、短筒を手に入れる事にした。

それも南蛮渡りの六連発の短筒を……。

左近は睨んだ。

「じゃあ何ですか、ひょっとしたら唐物屋南蛮堂の隠居文蔵さんが探している南蛮渡りの六連発の短筒は、左近さんを撃つために……」

彦兵衛は眉をひそめた。

「ええ……」

左近は頷いた。

唐物屋『南蛮堂』の主文五郎が持ち込んだ依頼は、偶然にも左近自身に拘わりのある事だったのだ。

「妙というか、面白い事になって来た……」

左近は小さく笑った。

「面白いって、左近さん……」

おりんは、腹立たしげに心配した。

「それで左近さん。ご隠居の文蔵さん、明日、宗方和馬に六連発の短筒を渡す手筈なんですね……」

彦兵衛は、左近に厳しい眼を向けた。

「ええ。おそらく今頃、同業の和蘭陀屋から六連発の短筒を何処かで受け取っている筈です」

左近は、不敵に笑った。

行燈は油が切れ掛かり、微かな音を鳴らし始めた。


木箱の蓋が開けられた。

中には絹布《けんぷ》が貼られ、六連発の短筒と紙箱に入った弾が納められていた。

唐物屋『南蛮堂』隠居の文蔵は、眼を細めて六連発の短筒を見詰めた。

「南蛮渡りの六連発です」

唐物屋『和蘭陀屋』の旦那は、文蔵に笑い掛けた。

「うむ……」

文蔵は、六連発の短筒を手に取って見た。

六連発の短筒は重く黒光りした。

「見事な物ですねえ……」

古道具屋『河童堂』の増吉は、黒光りする六連発に感心した。

「うむ。それで和蘭陀屋さん、こいつにはいくらの値がついているのかな……」

文蔵は、六連発の短筒を木箱に戻し、和蘭陀屋の旦那を見据えた。

「何分《なにぶん》にも御禁制の品。ですが、いつもお世話になっている南蛮堂のご隠居さまですので、二十五両で如何でしょうか……」

和蘭陀屋の旦那は、文蔵に探るような眼を向けた。

「良いでしょう。戴きますよ」

隠居の文蔵は笑った。

「ありがとう存じます」

和蘭陀屋の旦那は頭を下げた。

「うむ。じゃあ増吉……」

隠居の文蔵は、増吉を促した。

「はい……」

増吉は、六連発の短筒の納められた木箱を風呂敷に包んだ。

今日、現れた総髪の侍は、何処かから秘かに窺っているのか……。

増吉は、思わず座敷の中を見廻した。

「どうかしたのか……」

文蔵は眉をひそめた。

「い、いいえ……」

増吉は、六連発の短筒の入った木箱を慌てて包み終えた。


浜町堀高砂町の唐物屋『南蛮堂』の店先では、手代や小僧が荷箱を開け、玻璃の壺や菓子皿などを取り出していた。

左近は、高砂橋の袂から見守った。

今日、唐物屋『南蛮堂』の隠居文蔵は、手に入れた南蛮渡りの六連発の短筒を宗方和馬に渡す手筈だ。

邪魔はしない……。

左近は、宗方和馬が手に入れた六連発の短筒で何をするのかに興味があった。

睨み通り、青木久美と共に私に対して使うのか……。

左近は、六連発の短筒がどう使われるのか見届けるつもりだった。

昼が近くなった。

隠居の文蔵が風呂敷包みを抱え、番頭たち奉公人に見送られて唐物屋『南蛮堂』から出て来た。

「お気を付けて……」

番頭たち奉公人は、隠居の文蔵を見送った。

「うむ……」

文蔵は、風呂敷包みを抱えて高砂橋の船着場に下り、繋がれていた猪牙舟に乗った。

船頭は、文蔵が乗ったのを見定めて猪牙舟を浜町堀に漕ぎ出した。

文蔵の行き先は、浅草花川戸町にある料理屋花むら……。

左近は、浜町堀に高砂橋の次に架かっている小川橋の船着場に急ぎ、繋いであった猪牙舟に乗った。そして、隠居の文蔵の乗った猪牙舟を追った。

文蔵の乗った猪牙舟は、浜町堀から大川の三ツ俣に出た。

左近は追った。

唐物屋『南蛮堂』の隠居の文蔵は、浅草の竹町之渡し場で増吉と落ち合い、花川戸町の料理屋『花むら』を訪れた。

左近は見届け、料理屋『花むら』の庭に廻った。


連なる座敷の一つに、文蔵と増吉、宗方和馬がいた。

左近は、庭の植込みの陰に潜んで見守った。

増吉が風呂敷包みを解き、木箱を宗方和馬の前に差し出していた。

左近は見守った。


「さあ……」

隠居の文蔵は、宗方和馬に笑い掛けた。

「は、はい……」

宗方は喉を鳴らし、木箱の蓋を開けた。

木箱に納められている六連発の短筒は、黒光りしていた。

「此《これ》が六連発……」

宗方は、黒光りしている六連発の短筒に見惚れた。

「手に取って見られるが良い。増吉、使い方を教えてさしあげなさい」

「はい。さあ……」

増吉は勧めた。

「うむ……」

宗方は、六連発の短筒を手に取った。

「それで、此が弾でございまして……」

増吉は、紙箱から弾丸を取り出して使い方を教え始めた。

宗方は、真剣な面持ちで増吉の説明に聞き入った。

左近は見守った。

宗方和馬は、南蛮渡りの六連発の短筒を手に入れてどうする。

青木久美と一緒に私を狙うのか……。

左近は、宗方和馬の動きを見張る事にした。


夕暮れ時。

浅草山谷堀と千住の宿に続く街道の間には、田畑が広がっていた。

隠居の文蔵や増吉と別れた宗方和馬は、六連発の短筒の入った風呂敷包みを抱え、人影がなく小鳥の囀りの溢れる田畑に進んだ。

左近は、慎重に尾行た。
宗方は、人影がないのを確かめ、六連発の短筒を出して弾丸を籠《こ》めた。
試し撃ちか……。
左近は見守った。
宗方は、弾丸を籠めた六連発の短筒を構えて引き鉄《がね》を引いた。
銃声が夕暮れの空に鳴り響き、小鳥が羽音を鳴らして一斉に飛び立った。
宗方は、短筒の反動で大きくよろめいていた。
左近は苦笑した。

大禍時。
宗方和馬は、六連発の短筒を持って下谷練塀小路の組屋敷に戻った。
左近は見届けた。
宗方屋敷は夜の闇に覆われ、静けさに沈み始めた。
今夜はもう動かない……。
左近は見定め、馬喰町の公事宿『巴屋』に戻る事にした。

神田川に架かる和泉《いずみ》橋に行き交う人はいなかった。

左近は、和泉橋を渡って柳原通りに進んだ。

柳原通りの柳並木は枝葉を揺らし、提灯を手にした人が遠くに見えた。

左近は、柳原通りから松枝町《まつがえちょう》沿いの道に入り、公事宿『巴屋』のある馬喰町に帰るつもりだった。

左近は進んだ。

刹那、殺気が襲った。

左近は、咄嗟に大きく跳び退いた。

四方手裏剣が微かな唸りをあげ、左近のいた処を飛び抜けた。

左近は跳び退いたまま、周囲の闇に四方手裏剣が放たれた処を探した。

殺気は消えた。

饅頭笠を被った托鉢坊主が、和泉橋を足早に渡って行くのが見えた。

忍び……。

左近の勘が囁いた。

天竜の伝造に拘わりのある忍びの者か……。

左近は読んだ。

柳並木の枝葉は夜風に揺れた。

四

下谷練塀小路の組屋敷には、無役の小普請組の者が多く、出仕《しゅっし》する者は少なかった。

宗方屋敷の木戸門が開いた。

老下男が現れ、門前の掃除を始めた。

僅かな刻が過ぎ、宗方和馬が出て来た。

「じゃあ、行って来る……」

宗方は、老下男に声を掛けて練塀小路を神田川に向かった。

「はい。お気を付けて……」

老下男は見送った。

左近は、斜向かいの屋敷の屋根から跳び下り、宗方和馬を尾行た。

神田川沿いの道には、多くの人が行き交っていた。

宗方和馬は、神田川沿いの道を柳橋に向かった。

左近は尾行た。

おそらく宗方和馬は、懐に六連発の短筒を忍ばせ、本所南割下水の青木久美の処に行くのだ。

左近は読んだ。

宗方和馬は、柳橋から両国広小路に進んだ。


大川には様々な船が行き交っていた。

宗方和馬は両国橋を渡り、竪川沿いの道に進んだ。

左近は追った。

宗方和馬は、竪川に架かっている一つ目之橋の北詰を通り、東に進んだ。

やがて、二つ目之橋が見えて来た。

二つ目之橋の北詰には、青木久美が佇んでいた。

「待ちましたか……」

宗方和馬は笑い掛けた。

「いいえ……」

久美は微笑んだ。

「じゃあ……」

宗方は、竪川沿いの道を再び東に進んだ。

「はい……」

久美は、俯《うつむ》き加減で宗方に続いた。

左近は追った。

宗方と久美は、竪川沿いを東に進んだ。

東には田畑が広がり、小名木川《おなぎがわ》を越えた南側には深川十万坪《ふかがわじゅうまんつぼ》を始めとした広大な埋立地が続いている。

埋立地に六連発の短筒の試し撃ちに行くのか……。

左近は読んだ。

宗方と久美は、横十間川を南に曲がって深川の埋立地に向かった。

深川の広大な埋立地の殆どは田畑となっていたが、未だ雑草に覆われている処があった。

宗方和馬と青木久美は、埋立地を縦横に流れる小川沿いを進んだ。

生い茂る雑草の中には、埋め立ての時の番小屋があった。

番小屋は屋根が崩れ、板壁が辛うじて立っていた。

宗方和馬と青木久美は、崩れ掛けた番小屋の前に佇んだ。

「此処《ここ》で良いだろう……」

宗方は、辺りに人影がないのを見定め、辛《かろ》うじて立っている板壁に弓矢の的を描いた紙を貼り付けた。

左近は、生い茂る雑草に潜んで見守った。

宗方は、久美の許に戻り、懐から六連発の短筒を取り出した。

久美は息を飲み、六連発の短筒を恐ろしげに見詰めた。

六連発の短筒は、陽差しを受けて黒く輝いた。

「お望みの南蛮渡りの六連発の短筒です……」

宗方は、六連発の短筒を久美に差し出した。

「は、はい……」

久美は、恐る恐る六連発の短筒を受け取った。

「あっ……」

久美は、六連発の短筒の重さに思わず落としそうになった。

宗方は、咄嗟に久美を助けた。

「短筒は重く、元込《もとご》めです……」

宗方は、久美に弾倉を開けて弾丸を見せた。

久美は弾丸を見た。

「火薬は弾の後ろに入っており、引き鉄を引くと火薬が爆発し、弾を飛ばす仕掛けです」

宗方は、短筒の仕組を説明した。

「はい……」

久美は、真剣な面持ちで頷いた。

「撃ってみますか……」

宗方は、久美に尋ねた。

「はい……」

久美は、厳しい面持ちで頷いた。

「ならば……」

宗方は、六連発の短筒を久美に渡した。

久美は、六連発の短筒の銃把《じゅうは》をしっかりと握り締めた。

「あの的を狙って下さい……」

宗方は、番小屋の板壁に貼られた的を指差した。

「はい……」

久美は、六連発の短筒を握り締め、腕を伸ばして構えた。

銃口は小刻みに震えた。

「良く狙い。そして、引き鉄を引く……」

宗方は、久美を背後から介添えして六連発の短筒の引き鉄を引かせた。

銃声が轟き、久美は弾き飛ばされた。

宗方は、咄嗟に弾き跳ばされた久美を抱き止めた。

「大丈夫ですか……」

「は、はい。弾は、弾は的に当たりましたか」

久美は、板壁に貼られた的に駆け寄って検めた。

弾は的の何処にも当たっていなかった。

「此処です……」

宗方が、的から大きく外れた板壁の端に空いた小さな穴を示した。

「そんなに外れて……」

久美は呆然とした。

「うむ。六連発を次々に撃ってもなかなか当たるものではないな……」

宗方は、厳しさを滲ませた。

「で、でも、私が兄の仇を討つには、私が日暮左近を自分の手で斃して兄の恨みを晴らすには、此の短筒を使うしかないんです」

久美は、六連発の短筒を握り締めた。

「久美さん、兄上の仇討《あだうち》、思い止まっては如何《いかが》ですか……」

宗方は眉をひそめた。

「和馬さま、兄の青木精一郎は決して立派な人だった訳ではありません。他人を脅して苦しめ、強請集りを働いていた評判通りの悪い者です。殺されたって仕方がありません。でも、でも私にとっては、たった一人の優しい兄でした。その兄が殺され、皆が手を打って喜ぶ気持ちは良く分かります。そんな中でも妹の私ぐらいは、兄の死を哀しんでも良いじゃありませんか、仇を討ってやりたいと願っても良いじゃありませんか。でないと、兄があまりにも哀れです……」

久美は、泣きながら宗方に訴えた。

「久美さん……」

「和馬さま。此のままでは兄が余りにも哀れです……」

久美は、嗚咽《おえつ》を洩らした。

宗方は、掛ける言葉もなく、嗚咽を洩らす久美を見守った。

風が吹き抜け、雑草が揺れた。

「ならば、兄の仇、討つが良い……」

久美と宗方は、左近の声に振り返った。

日暮左近が雑草の中に佇んでいた。

宗方は、咄嗟に身構えた。

「日暮左近……」

久美は驚いた。

「如何《いか》にも。兄の青木精一郎を斃した日暮左近。返り討ちに致す」

左近は、無明刀を抜き放った。

無明刀は輝いた。

「おのれ、日暮左近……」

久美は、左近に六連発の短筒の銃口を向けた。

銃口は小刻みに震えた。

「南蛮渡りの短筒、良く狙うのだな……」
左近は誘った。
刹那、久美は震える指で引き鉄を引いた。
銃声が響いた。
久美は、佇む左近の様子を窺った。
左近は笑った。
外れた……。
久美は、再び六連発の短筒を構えた。
「久美さん……」
宗方は狼狽《うろた》えた。
左近は笑みを浮かべ、無明刀を提《さ》げてゆっくりと久美に近寄った。
久美は、六連発の短筒の引き鉄を引いた。
左近は、素早く横に跳んだ。
銃声が響いた。
久美は、左近を追って六連発の短筒を次々に撃った。
埋立地に銃声が響き続けた。

左近は、前後左右に素早く動き、雑草に隠れ、宙に跳び、久美の短筒を翻弄《ほんろう》した。
銃声は、埋立地に虚《むな》しく響き渡った。
久美は、よろめきながらも六連発の短筒の引き鉄を引いた。
小さな金属音が鳴った。
久美は、尚も引き鉄を引いた。
銃声は鳴らなかった。
久美は狼狽えた。
六連発の短筒は、弾丸を撃ち尽くしたのだ。
左近は、冷笑を浮かべて久美に近付いた。
久美は、六連発の短筒を棄てて懐剣を抜いた。
次の瞬間、宗方が左近に鋭く斬り掛かった。
左近は、無明刀を閃かせた。
刃が咬《か》み合って火花が飛び、焦げ臭さが漂った。
左近と宗方は斬り結んだ。
久美は、懐剣を握り締めて左近の隙を窺った。

宗方は、鍔迫《つばぜ》り合《あ》いに持ち込み、左近の手を摑《つか》んだ。

「今だ、久美さん……」

宗方は怒鳴った。

久美は、懐剣を構えて左近の背後に体当たりした。

うっ……。

左近は、微かに呻き、宗方を突き飛ばした。

宗方は、大きく跳び退いた。

左近は、しがみついている久美の首筋に無明刀の柄頭《つかがしら》を鋭く打ち込んだ。

久美は呻き、気を失って、その場に倒れた。

「久美さん……」

宗方は、悲痛に叫んで倒れた久美に駆け寄り、抱き起こした。

「気を失っているだけだ……」

左近は、脇腹に血を滲ませて告げた。

宗方は、久美が気を失っているだけだと見定めて安堵を浮かべた。

「日暮左近は腹から血を流して立ち去り、生死の程は分からぬと伝えられるが良い……」

左近は、宗方に笑い掛けた。

宗方は、微かな戸惑いを浮かべた。

「青木久美、此《これ》で兄青木精一郎の仇討、少しは気が済めば良いのだが……」

左近は、淋しげな笑みを浮かべた。

「日暮どの……」

宗方は、日暮左近が六連発の短筒を持つ久美の前に現れ、黙って刺された理由が分かった思いだった。

「忝い……」

宗方は、左近に深々と頭を下げた。

「早く所帯を持つのだな……」

左近は微笑み、風に揺れる雑草の中を立ち去った。

深川の埋立地の蒼穹《そうきゅう》には、鳶《とび》が鳴きながら長閑に舞った。

脇腹の刺し傷は浅かった。

左近は刺される寸前、身を僅かに捻って懐剣を浅手《あさで》になるように誘った。

狙い通りだった……。

左近は、傷口を焼酎で洗って縫い、晒《さら》しを固く巻いた。そして、おりんの作ってくれた化膿と痛みを止める煎じ薬を飲んで手当てを終えた。

「それで、青木久美は仇討を諦めますかね」

おりんは眉をひそめた。

「そう願うばかりだ……」

左近は、小さな笑みを浮かべた。

「おりん、左近さんは出来る限りの事をしたのだよ」

彦兵衛は茶を飲んだ。

「それは分かっていますけど……」

おりんは、不安を完全に拭えなかった。

「此でやっと薬種問屋萬宝堂の若旦那の恋煩いの一件、終わりましたかな……」

彦兵衛は、左近に笑い掛けた。

「いいえ。おそらく未だでしょう」

「未だ……」

彦兵衛は眉をひそめた。

「ええ……」

左近は頷いた。

店先から経が聞こえた。

「あら、今日も来たのね、托鉢のお坊さん……」

おりんは、店先に出て行った。

「じゃあ……」

左近は、彦兵衛に目礼して座を立った。

「はい。ご苦労さま……」

おりんは、店先で経を読む托鉢坊主の頭陀袋にお捻りを入れた。

托鉢坊主は、経を読みながらおりんに深々と頭を下げ、公事宿『巴屋』の店先から立ち去った。

おりんは見送った。


托鉢坊主は、馬喰町の通りを出て経を読むのを止めた。そして、饅頭笠を上げて辺りを窺い、柳原通りに向かった。

左近が路地から現れ、托鉢坊主を追った。

夕暮れ時の柳原通りには、家路を急ぐ人々がいた。

托鉢坊主は柳原通りに出た。

左近は、巧みに尾行た。

托鉢坊主は、忍び崩れの盗賊天竜の伝造と拘わりがある者なのだ。

忍びの者……。

左近は睨んでいた。

その忍びの者が、何故に左近の周囲を彷徨《うろつ》くのだ。

久美が兄の青木精一郎の仇を討とうとしたように、天竜の伝造の恨みを晴らそうとしているのかもしれない。

だが、忍びの者である限り、他人の恨みを晴らす事などありえない。

忍びの者は、与えられた使命を手立てを選ばずに果たすのが掟であり、私情を挟む余地はないのだ。

ならば何故……。

左近は、錫杖の鐶《かん》を鳴らしながら進む托鉢坊主の後ろ姿を眺めた。

忍びの掟から逃れた抜《ぬ》け忍《にん》、はぐれ忍びなのか……。

左近は追った。
柳原通りは、大禍時の青黒さに覆われた。
托鉢坊主は、神田川に架かっている和泉橋を渡った。
左近は、追って和泉橋を渡り始めた。

大禍時の青黒さから殺気が放たれた。
左近は、咄嗟に欄干の傍に潜んだ。
四方手裏剣が空を切って飛び抜けた。
左近は身構えた。
刹那、背後から忍びの者が獣のように跳び掛かって来た。
左近は、大きく跳び退いた。
跳び掛かって来た忍びの者は、苦無《くない》を握り締めて尚も襲い掛かった。
左近は、無明刀を抜き打ちに一閃した。
血が飛んだ。
忍びの者は、欄干を蹴って神田川に跳んだ。
水飛沫が煌めいた。

左近は、無明刀を構えて周囲を透かし見た。
和泉橋の上に満ちた殺気は消え、忍びの者の気配もなかった。
和泉橋を渡っていった托鉢坊主……。
背後から跳び掛かって来た忍びの者……。
「忍びの者は二人か……」
托鉢坊主には仲間の忍びの者がいるのだ。
何者なのだ……。
何れにしろ、忍び崩れの盗賊天竜の伝造と拘わりがあるのだ。
やはり、薬種問屋『萬宝堂』の若旦那の恋煩いの一件は終わっていない。
相手は忍び、容赦は無用……。
左近は、不敵な笑みを浮かべた。
神田川に櫓の軋《きし》みが響き、流れの奥に船行燈の明かりが小さく浮かんだ。

第四話　抜け忍

一

柳森稲荷には参拝客が訪れていた。

鳥居の前には、古着屋、古道具屋、七味唐辛子売り、そして葦簀張りの飲み屋があった。

日暮左近は、葦簀張りの飲み屋に入った。

「おう。いらっしゃい」

老亭主の嘉平は迎えた。

「邪魔をする……」

「何かあったかい……」

嘉平は笑い掛けた。

「天竜の伝造の仲間に托鉢坊主はいるか……」

左近は尋ねた。

「托鉢坊主……」

「うむ……」

「襲って来たかい……」

「ああ。誰か分かるか……」

「あれから、いろんな奴に探りを入れたのだが、おそらく托鉢坊主の竜炎って奴だろうな」

「竜炎……」

左近は眉をひそめた。

「ああ。天竜の伝造の配下で、伝造同様の甲斐忍び崩れの盗賊だそうだ」

「そんな奴が何故、俺を狙う……」

「竜炎、甲斐忍びから抜けた時、追手《おって》を掛けられて殺されそうになった。その時、助けてやったのが天竜の伝造だそうだ」

「ならば伝造は、竜炎の命の恩人なのか……」

左近は知った。

「きっとな……」

嘉平は頷いた。

「そいつが伝造を斃した俺を狙う。忍びの掟から逃れた抜け忍、忍び崩れらしい所業《しょぎょう》かな」

左近は苦笑した。

「ああ。お前さんと同じようなもんだぜ」

嘉平は笑った。

「して、竜炎に仲間は……」

「伝造が盗賊働きで稼いだ金があり、そいつで様々な流派の抜け忍や忍び崩れを集めているようだ」

葦簀張りの飲み屋は、忍び崩れの吹き溜まりだ。嘉平は、立ち寄る者から情報、噂を集めて読んでいた。

「様々な流派の抜け忍や忍び崩れか……」

「ああ……」

「ならば、竜炎の忍び宿は……」

「そいつは未だだ……」

嘉平は、首を横に振った。

「そうか……」

「ま、托鉢坊主の形《なり》をしているのなら、何処かの空き寺にでも潜んでいるのかもしれねえな……」

嘉平は読んだ。

「空き寺……」

「ああ、坊主は寺にいるのが一番目立たず、似合っているからな……」

嘉平は笑った。

「そうか、坊主は寺か……」

左近は頷いた。


新堀川は下谷《したや》から浅草東本願寺脇を南に抜け、鳥越川と合流して大川に流れ込んでいる。

左近は、新堀川沿いの道を北に進んだ。

新堀川沿いには寺が連なっており、正明寺があった。

左近は立ち止まり、山門の閉じられた正明寺を眺めた。
正明寺は、盗賊の浄空が住職、天竜の伝造が寺男に扮して潜んでいた寺だ。
盗賊の浄空と天竜の伝造は、左近に斃されて既にいない。
正明寺は空き寺になった。
坊主は寺が一番似合っている……。
左近は、托鉢坊主の竜炎が正明寺に潜んでいるかもしれないと読んだ。
正明寺は、山門を閉じて静まり返っていた。
よし……。
左近は、新堀川沿いの道に人がいないのを見定め、正明寺の土塀に跳んだ。

正明寺の境内には誰もいなかった。
左近は見定め、境内の隅の植込みから本堂に駆け寄った。
本堂は、観音開きの格子戸を閉め、中から閂《かんぬき》を掛けていた。
左近は、格子の間から本堂の中を窺った。
薄暗い本堂に人の気配はない。
左近は庫裏に走った。

庫裏の腰高障子の戸に髪の毛は貼られていなかった。
天竜の伝造が死んで後、忍びの者は潜んでいないのか……。
もし、潜んでいる忍びの者がいるとしたら警戒心の緩い奴だ。
左近は睨み、腰高障子を静かに引いた。

腰高障子は開いた。
左近は、素早く中に入って腰高障子を後ろ手に閉めた。
庫裏の中は綺麗に片付けられており、誰もいなかった。
左近は、土間の水甕《みずがめ》の蓋を取り、中の水を検めた。
水は、新しく汲《く》まれた物だった。
左近は、続いて竈《かまど》の灰を調べた。
灰の表面は固くなっておらず、脆《もろ》く崩れた。
水は新しく汲まれ、竈も使われている。
勿論、何れも左近が浄空と天竜の伝造を斃した後の事だ。
正明寺には何者かが潜んでいる。

左近は、庫裏の板の間に上がり、辺りを見廻した。

庫裏から続く廊下は、雨戸が閉められて薄暗かった。

連なる座敷の障子は白く浮いていた。

どうする……。

左近は、薄暗い廊下と連なる座敷を窺った。

人の気配は窺えない。

よし……。

左近は、薄暗い廊下に殺気を鋭く放って身構えた。

何事も起こらず、応じる殺気はなく、薄暗い廊下や座敷は静まり返っていた。

忍びの者は潜んでいない……。

左近は、薄暗い廊下と連なる座敷を検めて見届けた。

だが、何者かが水を使い、竈で火を起こしているのは事実だ。

そして、今は出掛けている……。

左近は読んだ。

夜だ。

左近は決めた。

正明寺は静寂に沈んでいた。


公事宿『巴屋』の主彦兵衛、房吉や清次たち下代は、公事訴訟人と役所に出頭していた。

おりん、お春、女中と下男たちは、朝の仕事を終えた。

お春は隣の煙草屋に行き、女中と下男たちは台所の隅で僅かな休息の時を楽しんだ。

おりんは、居間で茶を淹れて飲んだ。

狭い庭の裏には、妾稼業の女の家があった。

黒い人影が裏路地を過ぎった。

誰……。

裏路地に入って来る者は滅多にいない。

おりんは、怪訝な面持ちで庭に下りて路地を進んだ。そして、裏の妾稼業の女の家との路地を覗いた。

狭い路地には、饅頭笠を被った托鉢坊主が潜んでいた。

「あっ……」

おりんは驚いた。

刹那、饅頭笠を被った托鉢坊主は、おりんに襲い掛かった。

おりんは逃げる間もなく、当て落とされた。

托鉢坊主は、気を失ったおりんを担ぎ上げて狭い路地から立ち去った。

公事宿『巴屋』の台所から、女中と下男たちの笑い声が響いた。


馬喰町の通りには多くの人が行き交っていた。

左近は、公事宿『巴屋』の周囲を窺った。

煙草屋の店先にお春、隠居、妾稼業の女たちはいなかった。そして、下代の清次が足早に公事宿『巴屋』に入って行った。

異変があった……。

左近は、清次の様子を読んだ。


「そうか。おりん、何処にもいないか……」

彦兵衛は眉をひそめた。

「はい。おりんさんの行きそうな処《ところ》を知っている限り当たりましたが、何処にも……」

清次は眉をひそめた。

「おりんさんがいなくなりましたか……」

左近が庭先に現れた。

「左近さん……」

彦兵衛は、微かな安堵を滲ませた。

左近は、庭から居間にあがった。

「どうやら、おりんは何者かに連れ去られたようです」

彦兵衛は、腹立たしげに告げた。

「そうですか。して、おりんさんがいなくなった頃、此の界隈を托鉢坊主が彷徨《うろつ》いていませんでしたか……」

「いました。托鉢坊主が托鉢をしていたそうです……」

清次は身を乗り出した。

「此《こ》のところ、托鉢坊主が良く来ていたが……」

彦兵衛は眉をひそめた。

「托鉢坊主、おそらく盗賊天竜の伝造の一味の者です」

「天竜の伝造一味。じゃあ、左近さんの睨み通り、萬宝堂の若旦那の恋煩いの一件、未だ終わっちゃあいませんか……」

彦兵衛は読んだ。

「ええ……」

「で、伝造一味の托鉢坊主は、おりんを何処に連れ去ったのですかね」

「おそらく盗賊の浄空と伝造がいた正明寺だと思いますが、向こうから報せて来るでしょう……」

「報せて来る……」

「ええ。おりんさんは私を斃すための大事な人質。先ずは私を呼び出し、来なければおりんの命はないと云って来るでしょう」

左近は読んだ。

「狙いは左近さんの命ですか……」

彦兵衛は、吐息を洩らした。

「ええ。おりんさんは必ず助けますよ」

左近は不敵に笑った。

おりんを拐《かどわ》かしたのは、人数が揃って闘う態勢が整った証なのかもしれない。

左近は睨んだ。

「旦那、店に……」

お春が結び文を持って来た。

「来たか……」

彦兵衛は、結び文を解いて読んだ。

「おりんを無事に帰して欲しければ、今夜亥の刻四つ（午後十時）、日暮左近一人で浅草正明寺に来い。左近さん……」

彦兵衛は結び文を読み終え、左近を見た。

「やはり、正明寺ですか……」

左近は苦笑した。

「はい。で、どうします」

彦兵衛は、左近の出方を窺った。

「先ずは、おりんさんを助け出します」

「宜しくお願いします」

彦兵衛は、左近に深々と頭を下げた。

「はい……」

左近は頷いた。

「左近さん、あっしも何かお手伝いを……」

清次は、身を乗り出した。

「ええ。清次さんには一緒に来てもらい、助け出した後のおりんさんを頼みます」

「承知しました」

清次は頷いた。

「ならば……」

左近は、無明刀を手にして立ち上がった。

「えっ。亥の刻四つでは……」

清次は戸惑った。

「人を拐かして、言いなりにさせようとする奴の指図は受けぬ。遠慮は無用……」

左近は、冷徹な笑みを浮かべた。

「そうか、甲斐の忍び崩れの竜炎、仕掛けて来たかい……」

葦簀張りの飲み屋の老亭主の嘉平は、薄笑いを浮かべた。

「うむ。して親父、竜炎の集めた人数は何人ぐらいだ」

「秩父の忍び……」伊賀甲賀に柳生に根来、出羽に風魔に秩父の忍び……」

左近は眉をひそめた。

「ああ……」

嘉平は頷いた。

秩父忍びは、陽炎《かげろう》以下、小平太《こへいた》、猿若《さるわか》、烏坊《からすぼう》、螢《ほたる》たちがいる。その誰かが抜け忍となったのかもしれない。

左近は読んだ。

「で、噂によると、ざっと十人だな」

嘉平は睨んだ。

「十人か……」

左近は薄く笑った。

「ああ。江戸には様々な抜け忍や忍び崩れが身を潜め、人としてのささやかな幸せを願って暮らしている。竜炎の誘いに乗った忍びは、血に飢えている外道《げどう》だろうな」

嘉平は、腹立たしげに云い放った。

「分かった……」

外道には引導《いんどう》を渡してやれ……。

左近は、嘉平の腹の内を読んだ。

「うむ……」

嘉平は、皺だらけの老顔に淋しげな笑みを浮かべた。

左近は苦笑した。

新堀川の流れに月影は揺れ、正明寺は静寂に沈んでいた。

清次は、新堀川の流れ越しに正明寺を眺めていた。

正明寺は山門を閉じ、その屋根は月明かりを受けて蒼白く輝いていた。

おりんさんは、正明寺の何処かに閉じ込められているのか……。

清次は、正明寺に忍び込んで捜したかった。だが、下手に忍び込むのは命取りだと、左近に厳しく釘を刺されていた。
忍びの者が拘わっている限り、左近の云う通りにするしかない。
清次は、微かな苛立《いらだ》ちを覚えながらも正明寺を見張った。
饅頭笠を被った托鉢坊主が、新堀川沿いの道を錫杖をつきながらやって来た。
清次は見守った。
托鉢坊主は、閉じられた山門の前に立ち止まり、饅頭笠を上げて辺りを見廻した。
左近さん……。
清次は、托鉢坊主が左近だと気が付いた。
左近は、清次を一瞥して正明寺を眺めた。
結界《けっかい》……。
正明寺には忍びの結界が張られていた。
左近は見定めた。
竜炎はおりんを閉じ込め、左近の現れるのを待って結界を張ったのだ。
よし……。

左近は、饅頭笠を取り、墨染《すみぞめ》の衣《ころも》を脱ぎ棄て忍び姿になった。そして、地を蹴って正明寺の土塀に跳んだ。

二

正明寺の境内に人影はなく、本堂や庫裏に明かりは灯されていなかった。
左近は、土塀から境内に跳び下りた。
結界が揺れた。
本堂の縁の下、庫裏の屋根、鐘撞《かねつき》堂の陰などから手裏剣が左近に投げられた。
左近は、三方から飛来した手裏剣を跳んで躱《かわ》した。
三方から飛来した手裏剣は交錯し、飛び抜けていった。
左近は跳び下りた。
数人の忍びの者が現れ、刀を抜き放って左近に殺到した。
左近は、先頭の忍びの者に無明刀を抜き打ちに一閃した。
先頭の忍びの者は、腹を横薙ぎに断ち斬られ、血を飛ばして斃れた。
忍びの者たちは、左近の凄まじい一刀を見て闇に退いた。

左近は、無名刀を一振りした。

無明刀の鋒《きつさき》から血が飛んだ。

左近は、冷笑を浮かべて忍びの者たちが退いた闇に踏み込んだ。

刹那、錫杖が飛来して左近の前に突き刺さって胴震《どうぶる》いした。

左近は立ち止まった。

「日暮左近……」

托鉢坊主の竜炎が現れた。

「竜炎か。おりんは何処にいる」

左近は、竜炎を見据えた。

「おりんを無事に帰して欲しければ、大人しく刀を棄てろ」

竜炎は、嘲りを浮かべた。

「世迷《よま》い言《ごと》を申すな。ならば、吐かせてくれる」

左近は、冷ややかに告げた。

次の瞬間、左近の左右から鎖鎌《くさりがま》の分銅《ふんどう》が鎖を伸ばして襲い掛かった。

左近は、咄嗟に身を伏せて鎖鎌の分銅を躱した。

二人の忍びの者が左近の左右に現れ、鎖鎌の分銅を廻しながら迫った。

左近は、素早く立ち上がって無明刀を青眼《せいがん》に構えた。

二人の忍びの者は、鎖鎌の分銅を廻して左右から左近に躙《にじ》り寄った。

右の忍びの者に斬り掛かれば、左の忍びの者が分銅を放つ。左の忍びの者に斬り掛かれば、右の忍びの者が分銅を放つ。

下手に動けぬ……。

左近は苦笑した。

正面に現れた忍びの者が、左近に手裏剣を連射した。

左近は地を蹴り、夜空高く跳んだ。

手裏剣が飛び抜け、鎖鎌の分銅の付いた鎖が緩んだ。

左近は、跳び下りながら左側で鎖鎌を操っていた忍びの者に斬り掛かった。

左側の忍びの者は、夜空から斬り掛かる左近に向かって鎖鎌の分銅を投げようとした。

左近は許さず、無明刀を斬り下げながら着地した。

左側にいた忍びの者は、額を断ち斬られて前のめりに倒れた。

右側にいた忍びの者は、慌てて左近に分銅を放った。

左近は、咄嗟に斬り倒した忍びの者の鎖鎌の分銅を投げた。

分銅の鎖は絡み合った。
右側の忍びの者は、激しく狼狽えた。
左近は地を蹴った。
右側の忍びの者は、鎖鎌を投げ棄てて刀を抜いた。
左近は、無明刀を一閃した。
右側の忍びの者は、胸元を斬り上げられて仰向けに倒れた。
左近は、無明刀を構えて周囲を窺った。
境内に潜む者はいなかった。
斬り棄てた忍びの者は三人……。
雇われた忍びの者が十人ならば、残る忍びの者は七人だ。
左近は、無明刀を一振りして血を飛ばし、鞘に納めて暗い本堂に進んだ。

本堂の扉は軋みを上げて開き、月明かりが差し込んだ。
左近は窺った。
様々な仏像が祀《まつ》られた本堂は、穏やかな気配に満ちていた。
だが、踏み込めば、手裏剣を始めとした様々な武器が殺到するのだ。

左近は苦笑し、身を退いた。

僅かな刻が過ぎた。

次の瞬間、本堂の戸口に月明かりを背に受けた忍びの者が現れ、中に踏み込んだ。

祀られた仏像が動き、手裏剣を連射した。

幾つもの手裏剣が、踏み込んだ忍びの者の身体に突き刺さった。

忍びの者は、幾つもの手裏剣を全身に受けて立ち尽くした。

仏像に扮していた忍びの者は、その姿を露《あら》わにして忍び刀を抜いた。

幾つもの手裏剣を受けた忍びの者が前のめりに倒れ、背後に潜んでいた左近が棒手裏剣を放った。

棒手裏剣は、仏像に扮した忍びの者の眉間に突き立った。

眉間に棒手裏剣を打ち込まれた忍びの者は、祀られた仏像や仏具を崩して倒れた。

左近は、鎖鎌を使った忍びの者の死体を盾に使い、仏像に扮して攻撃してきた忍びの者を斃した。

残る忍びは六人……。

左近は、本堂の奥の廊下に向かった。
奥の廊下は座敷に続き、庫裏に通じている。
左近は、正明寺に何度か忍び込んでおり、その間取りは知っていた。
おりんは、座敷の何処かに捕らえられているのか……。
左近は、座敷に向かって奥の廊下を進んだ。

廊下は雨戸が閉められ、連なる座敷は暗かった。
左近は、連なる座敷に殺気を窺った。
座敷には殺気が満ち溢れていた。
左近は、殺気の溢れる座敷を嫌い、閉められた雨戸沿いに進んだ。
刹那、雨戸の外から鋭い殺気が左近を襲った。
左近は、咄嗟に伏せた。
弩《ど》の矢が雨戸を外から貫き、左近の頭上を飛び抜けた。
二の矢、三の矢が来る……。
左近は、転がりながら障子を蹴破り、座敷に入った。

座敷に潜んでいた忍びの者が、忍び鎌を振るって左近に襲い掛かった。
左近は、苦無を一閃して忍び鎌を躱した。
忍びの者は、忍び鎌を煌めかせた。
狭い座敷で刀は不利だ。
左近は、苦無を使って闘った。
忍び鎌と苦無の煌めきが座敷に満ちた。
左近と忍びの者は組み合い、忍び鎌と苦無を縦横に振るって闘った。
障子が破け、襖が二つに折れて倒れ、壁が切り裂かれて崩れた。
血が飛んだ。
左近と忍びの者は、互いに手傷を負いながら闘った。
忍びの者の息が僅かに乱れた。
左近は、その隙を逃さず苦無を一閃した。
忍びの者は、仰け反りながらも忍び鎌を大きく振るった。
忍び鎌は、座敷の鴨居《かもい》にその刃を深く食い込ませた。
忍びの者は狼狽《うろた》えた。
今だ……。

左近は、忍びの者の腹に苦無を叩き込んだ。

「お、おのれ……」

忍びの者は、苦しげに顔を醜く歪めて崩れ落ちた。

左近は座敷の隅に跳び、辺りを油断なく見廻しながら息を整えた。

負った手傷から血が滲んだ。

忍びの者は、血の臭いを逸早《いちはや》く察知する。

もはや、己の気配を消して動いたり、闘ったりは出来ない。

此《これ》で五人の忍びを斃し、残るは五人……。

左近は、庭を窺った。

庭には、弩を操る忍びの者が潜んでいる。

廊下に出れば、弩の矢が射られるのだ。

左近は、座敷の隅の長押《なげし》に跳び、天井板を外して天井裏に入った。

天井裏には、鈴を付けた黒糸が縦横に張られ、溜まった埃の下から撒き菱の尖りが見えた。

左近は、梁《はり》の上に上がり、鈴の付いた黒糸と撒き菱を躱しながら連なる座敷の天井裏を進んだ。そして、本堂の傍の廊下の上に出た。
本堂や廊下に忍びの者の気配はない……。
左近は見定め、天井裏から廊下の隅に飛び降りた。

廊下の雨戸は破られ、外れていた。
左近は、廊下の隅から庭を窺った。
庭には、破られた雨戸から廊下や座敷を窺う忍びの者がいた。
忍びの者の手には弩が握られていた。
奴だ……。
左近は見定めた。
隙を見せるのを待つか……。
だが、先に血の臭いに気が付かれては後手を踏む恐れがある。
先手を打つしかない……。
左近は苦笑し、殺気を放った。
忍びの者は、左近の殺気に気が付いて弩に矢を番《つが》えようとした。
刹那、左近は棒手裏剣を放った。

忍びの者は、飛来する棒手裏剣を咄嗟に弩で振り払った。

棒手裏剣は弾き飛ばされた。

左近は、廊下から庭に跳び下り、忍びの者に向かった。

忍びの者は、弩に矢を番えようとした。だが、弩の弦《つる》は棒手裏剣によって断ち切られていた。

忍びの者は狼狽えた。

左近は、無明刀を抜き打ちに鋭く放った。

忍びの者は、弩を左近に投げ付けて大きく跳び退いた。

左近は、大きく踏み込んで二の太刀を閃かせた。

忍びの者は、尚も跳び退いて板壁に追い詰められた。

貰った……。

左近は迫った。

次の瞬間、追い詰められた忍びの者は、覆面を下げて笑った。

危ない……。

勘が叫んだ。

左近は、咄嗟に身を沈めた。

同時に、忍びの者は含み針を吹いた。
含み針は煌めいて飛んだ。
左近は、無明刀を突き上げた。
無明刀は、忍びの者の下腹に突き刺さった。
左近は、突き上げて引き抜いた。
忍びの者は、無明刀に引き摺《ず》られたように倒れた。
左近は、倒れた忍びの者に止《とど》めを刺して吐息を洩らした。
庭には静寂が戻り、左近の息だけが微かに鳴った。
殺気は消えた……。
左近は、連なる座敷を窺った。
連なる座敷は暗く、静まり返っていた。
おりんのいる気配はない……。
左近は、おりんが連なる座敷に閉じ込められていないのを見定めた。
おりんは何処だ……。
左近は、微かな焦りを覚えた。
おそらく竜炎と残る忍びの者は、何処かから左近の様子を窺っている。

左近は読んだ。
今の内だ……。
左近は、手拭いで無明刀を濡らしている血を拭い取って鞘に納めた。
残る忍びの者は四人……。
左近は読み、廊下にあがって庫裏に進み始めた。

正明寺は暗く、闘う物音や人の叫び声も聞こえなかった。
清次は、正明寺を眺めた。
四半刻は過ぎた……。
清次は、左近が忍び込んでから四半刻が過ぎたと読んだ。
どうなっているのか……。
清次は、湧き上がる不安と苛立ちを覚えずにはいられなかった。

廊下から庫裏……。
左近は、庫裏を窺った。
庫裏には、格子窓から月明かりが差し込んでいるだけで人影はない。

そして、おりんが閉じ込められている気配もない。
おりんは、正明寺に閉じ込められていないのか……。
左近は、戸惑いを覚えながらも庫裏に踏み込んだ。
天井と床下から殺気が押し寄せた。
左近は、跳ぶのも伏せるのも躊躇《ためら》い、立ち止まった。
天井と床下から手槍《てやり》が突き出された。
左近は、咄嗟に身体を前に投げ出した。
腰高障子を突き破って忍びの者が現れ、左近に鋭く斬り掛かった。
左近は、斬り掛かる忍びの者に囲炉裏《いろり》の灰を投げ付けた。
灰が舞った。
斬り掛かった忍びの者は、顔に灰を受けて外に跳び退いた。
左近は、追って外に出ようとした。
次の瞬間、床下から手が突き出され、左近の足首を摑んだ。
左近は、動きを封じられた。
天井から忍びの者が逆さ吊りで現れ、手槍で左近を突き刺そうとした。
左近は、手槍を躱し、無明刀を抜いて床に突き刺した。

床下からの手が放された。
左近は、天井の忍びの者に棒手裏剣を投げた。
忍びの者は素早く天井に退いた。
左近は、天井に跳んで無明刀を閃かせた。
天井板が斬り飛ばされ、手槍を持った忍びの者が跳び下りて来た。
左近は、鋭く斬り掛かった。
忍びの者は、手槍を突いて左近の攻撃を必死に躱した。
左近は、突き出された手槍のけら首を押さえて無明刀を一閃した。
手槍の穂先が斬り落とされた。
忍びの者は怯み、大きく跳び退いた。
左近は、斬り落とした手槍の穂先を投げた。
手槍の穂先は閃光となり、大きく跳び退いた忍びの者の胸を貫いた。
忍びの者は眼を剝《む》いて斃れた。
左近は、土間の隅に跳んで無明刀を構えた。
庫裏から殺気が消え、静寂が訪れた。
残る忍びは三人……。

左近は構えを解いた。

三

庫裏の外に人影はなかった。

左近は、周囲の闇に殺気を放って誘った。

応じる殺気はなかった。

忍びの者たちは退いたのか……。

だが、油断はならない。

左近は、庫裏の裏手にある納屋に忍び寄り、中の様子を窺った。

納屋の中から、微かにおりんの匂いがした。

おりん……。

左近は、おりんが納屋に閉じ込められていると読んだ。

辺りに殺気はない……。

竜炎は、左近闇討ちに失敗したとし、おりんを納屋に閉じ込めたまま退いたのかもしれない。

何れにしろ、納屋を検《あらた》めるしかない……。
左近は、納屋の戸口に進んだ。そして、戸口の板戸を開けようとした。
板戸の上に赤い天道虫《てんとうむし》がいた。
赤い天道虫……。
左近は眉をひそめた。
まさか……。
左近は、赤い天道虫に手を伸ばした。
天道虫は逃げなかった。
左近は、指先で赤い天道虫を摘《つま》んだ。
赤い天道虫は作り物だった。
陽炎……。
赤い天道虫は、秩父忍びの陽炎が連絡する時に使う符牒《ふちよう》だった。
竜炎に雇われたはぐれ忍びには、秩父忍びが一人いる筈だ。
それが陽炎なのか……。
そして、赤い天道虫は、何かを報せようとしているのだ。
左近は睨んだ。

ひょっとしたら……。

左近は、納屋を見据えた。

おりんの匂いは、微かだが漂っている。

竜炎は、おりんを納屋に閉じ込め、助けに来た左近が踏み込めば、何かが起こる仕掛けをしたのだ。

赤い天道虫は、竜炎に雇われた秩父忍びが左近に秘かに報せるために残した物なのだ。

左近は睨んだ。

よし……。

左近は、納屋の横手に廻った。

納屋の横手には格子窓があり、閉められていた。

左近は、無明刀を抜いて格子窓に振るった。

格子が次々に斬り飛ばされた。

左近は、窓の戸を苦無で抉《こ》じ開けて中を覗いた。

納屋の中の積まれた炭俵の陰には、縛られたおりんが気を失って倒れていた。

おりん……。

左近は、窓から納屋に入り、戸口を検めた。

納屋の戸口には、やはり火薬が仕掛けられていた。

火薬は板戸を開けると爆発する……。

左近は火薬の仕掛けを見定め、炭俵の陰に倒れているおりんに近寄った。

おりんは、後ろ手に縛られて気を失っていた。

左近は、おりんを抱き起こして活《かつ》を入れた。

おりんは気を取り戻した。

「気が付いたか……」

左近は笑い掛け、縄を切った。

「左近さん……」

おりんは、左近が助けに来たと知り、安堵を浮かべた。

「怪我はないか……」

「大丈夫です」

おりんは頷いた。

「ならば、長居は無用……」

左近は笑った。

境内は、月明かりで薄暗かった。

左近は、庫裏の陰から境内を窺った。

境内に殺気は窺えないが、油断は出来ない。

此のまま何事もなく正明寺を出られるとは思えない。

一人なら多少の手傷を負っても脱出出来る。だが、おりんを伴っての脱出となると、それは難しい事だ。

左近は気付いた。

竜炎が、おりんを助け出す左近の邪魔をしなかった理由に気付いた。

護るべきものが傍にある闘いは、弱味を曝《さら》け出してのものであり、不利なだけだ。

竜炎は、左近におりんという弱味を背負わせたのだ。

おりんを護っての闘いは、跳びも出来なければ走りも出来ない。

だが、やるしかない……。

左近は、覚悟を決めた。

「山門迄走る……」

左近は告げた。

「左近さん、私は残ります。一人で行って下さい……」

おりんは、左近と共に置かれた厳しい状況に気が付いていた。

「それが出来るなら、助けには来ない……」

左近は苦笑した。

「左近さん……」

「案ずるな……」

左近は、不敵な笑みを浮かべた。

「ええ……」

おりんは、喉を鳴らして頷いた。

「行くぞ……」

左近は、おりんを伴って山門に走った。

境内に殺気が湧いた。

左近は、無明刀を抜き放った。

火花が散り、四方手裏剣が弾け飛んだ。

左近は、飛来する四方手裏剣を無明刀で弾き飛ばし、おりんを連れて山門に走った。

三人の忍びの者が現れた。

残る三人……。

「俺が斬り合っている間に外に逃げろ。清次が待っている……」

左近は告げた。

「分かったわ」

おりんは頷いた。

「ならば……」

左近は笑い、猛然と三人の忍びの者に向かって走った。

三人の忍びの者も忍び刀を抜いて左近に向かって走った。

左近と三人の忍びの者は激突した。

無明刀と忍び刀は煌めいた。

大柄な忍びの者は、忍び刀を唸らせて左近に斬り掛かった。

おりんは山門に走り、門扉《もんぴ》を開けようとした。

痩せた忍びの者が、おりんを押さえた。

おりんは抗《あらが》った。
だが、痩せた忍びの者はおりんを逃がさなかった。
左近と大柄な忍びの者は、鋭く斬り結んだ。
「そこ迄だ……」
痩せた忍びの者はおりんを押さえ、その喉元に苦無を突き付けていた。
左近は跳び退いた。
「刀を棄てろ。さもなければ女を殺す……」
痩せた忍びの者は、狡猾に笑った。
おりんは、喉元に苦無を突き付けられて大きく仰け反った。
下手に抗えば、おりんは喉を搔き切られて殺される。
左近が恐れた事だった。
竜炎の術中《じゆつちゆう》に落ちた……。
左近は知った。
「刀を棄てろ……」
痩せた忍びの者は叫んだ。
左近は、無明刀を地面に静かに置いた。

「貰った……」

大柄の忍びの者は、忍び刀を構えて左近に突進した。

刹那、おりんを押さえていた痩せた忍びの者が仰け反った。

おりんは逃れた。

三人目の小柄な忍びの者が、血に濡れた忍び刀を手にしておりんを庇《かば》った。

左近と大柄な忍びの者は戸惑った。

「おのれ……」

痩せた忍びの者は、怒りと斬られた痛みに顔を醜く歪めて小柄な忍びの者に迫った。

小柄な忍びの者は、迫る痩せた忍びの者に忍び刀を一閃した。

痩せた忍びの者は、袈裟懸《けさが》けに斬られて斃れた。

「おのれ……」

大柄な忍びの者は怒り、小柄な忍びの者とおりんに向かった。

左近は、無明刀を素早く拾って大柄な忍びの者を追った。

大柄な忍びの者は、小柄な忍びの者とおりんに襲い掛かった。

小柄な忍びの者は、襲い掛かる忍びの者に棒手裏剣を連射した。

大柄な忍びの者は、咄嗟に地を蹴って跳んで躱した。

左近が跳び、無明刀を閃かせた。

無明刀は閃光となり、大柄な忍びの者の右腕を貫いた。

忍び刀を握る右腕が、血を振り撒きながら夜空に飛んだ。

大柄な忍びの者は、忍び刀を握る右腕を失って境内に着地した。しかし、右腕を斬り飛ばされた身体は均衡を失ってよろめき、激しく倒れ込んだ。

小柄な忍びの者が、止めを刺しに近寄った。

「退《ひ》け……」

左近は鋭く命じた。

小柄な忍びの者は、慌てて跳び退いた。

刹那、倒れ込んだ大柄な忍びの者の腹から火が噴き上がり、小さく爆発した。

左近、小柄な忍びの者、おりんは、咄嗟に伏せて爆発を躱した。

小さな爆発は終わり、大柄な忍びの者の身体は四散した。

九人目の忍びは飛び散った。

左近は、おりんと小柄な忍びの者に駆け寄った。

「左近さん……」

おりんは、安堵を浮かべていた。

「うむ……」

左近は、おりんの無事を確かめて小柄な忍びの者を見据えた。

覆面の間に見える眼が笑い、悪戯っぽく輝いた。

「猿若か……」

左近は、小柄な忍びの者が陽炎配下の秩父忍びの猿若だと見抜いた。

「はい、左近さま……」

小柄な忍びの者は、覆面を口元迄下げて笑った。

十人目の忍びの者は、秩父忍びの猿若だった。

「お陰で助かった。礼を申す……」

「いいえ……」

猿若は、照れたように笑った。

「それにしても……」

「出稼ぎですよ、出稼ぎ……」

「出稼ぎ……」

左近は眉をひそめた。

「ええ。江戸に出稼ぎに来たら、公事宿の出入物吟味人を斃す仕事、給金三両とありましてね。これはと思って雇われましたよ」

猿若は笑った。

「そうか。ならば猿若、山門の外に巴屋の清次がいる。おりんさんを巴屋に送り届けて警戒を頼む」

「心得ました。して、左近さま……」

猿若は、正明寺の本堂の屋根を一瞥した。

本堂の屋根……。

左近は頷いた。

「ならば頼む……」

「はい……」

猿若は、おりんを伴って正明寺の山門から出て行った。

左近は見送り、追って行く者がいるかどうか窺った。

追って行く者はいない……。

左近は見定め、正明寺の本堂の屋根を見上げた。

本堂の屋根は、月明かりを浴びて蒼白く輝いていた。

左近は、本堂の屋根に殺気を放った。
本堂の屋根の上に、忍び姿の竜炎が現れた。
「甲斐忍びの抜け忍、竜炎か……」
左近は見据えた。
「日暮左近……」
竜炎は、手にした両刃の手鉾《てぼこ》を鈍色《にびいろ》に輝かせた。
決着をつける……。
左近は、地を蹴って本堂の屋根に跳んだ。
竜炎は、本堂の屋根に現れた左近に四方手裏剣を放った。
左近は、身を伏せて四方手裏剣を躱した。
竜炎は、両刃の手鉾を鈍色に輝かせて左近に斬り掛かった。
左近は、無明刀を横薙ぎに一閃した。
甲高い音が鳴り、火花が散った。
竜炎は、素早く振り返って両刃の手鉾を構え直した。
左近は、無明刀を青眼に構えて対峙した。

「竜炎、御家人青木精一郎の妹久美にいろいろ教えたようだな」

左近は睨んだ。

「ああ。非道な青木精一郎でも兄は兄。仇を討ちたいと願っていたからな」

竜炎は頷いた。

「そして今、天竜の伝造の恨みを晴らすか……」

「天竜の伝造は、甲斐忍びの抜け忍となった俺を追手から助けてくれた……」

「恩返しとは、忍びの者らしくないな……」

左近は笑った。

「所詮は抜け忍のはぐれ忍び。忍びの掟など疾《と》うに棄てている」

「ならば、盗賊、人として天竜の伝造の恨みを晴らすか……」

左近は読んだ。

「日暮左近か。おぬしも抜け忍、はぐれ忍びのようだな……」

「私は所詮、只の人。公事宿の出入物吟味人。抜け忍もはぐれ忍びも拘わりない……」

左近は苦笑した。

「ならば……」

竜炎は、両刃の手鉾で鋭く斬り付けた。
空を断ち斬る音が短く響いた。
左近は跳び退いた。
竜炎は、両刃の手鉾を唸らせて左近に斬り掛かった。
左近は、跳び退き続けて本堂の屋根の端に立った。
竜炎は、両刃の手鉾を構え直した。
左近は、無明刀を頭上高く構えた。
天衣無縫の構えだ。
隙だらけだ……。
竜炎は、嘲りを浮かべて屋根の瓦を蹴って左近に走った。
手鉾の両刃が輝いた。
左近は動かず、無明刀を頭上高く構え続けた。
竜炎は、手鉾で斬り掛かった。
剣は瞬速……。
左近は、僅かに腰を沈めて無明刀を真っ向から斬り下げた。
竜炎は立ち竦《すく》んだ。

無明斬刃……。

左近は、残心《ざんしん》の構えを取った。

盗賊の竜炎は、額を真っ向から斬り下げられ、血を滴らせて滅び去った。

左近は、残心の構えを解いた。

月は蒼白く輝いた。

四

朝、江戸湊は煌めいた。

左近は、汐風に解《ほつ》れ髪を揺らし、眼を細めて江戸湊を眺めた。

江戸湊には千石船《せんごくぶね》が停泊し、荷下ろしの艀《はしけ》が往き来していた。

左近は、鉄砲洲波除稲荷の本殿に手を合わせて境内を出た。

鉄砲洲波除稲荷の傍では、八丁堀と亀島川が合流して江戸湊に流れ込んでいる。

左近は、八丁堀に架かっている稲荷橋を渡り、亀島川沿いの道を進んだ。

盗賊の竜炎を斃し、薬種問屋『萬宝堂』の若旦那宗助の恋煩いから続いた騒ぎは終わった。

薬種問屋『萬宝堂』宗助は、真面目に稼業に励んでいた。

直心影流の榊原道場は、相変わらず門弟たちの裂帛の気合いと木刀の打ち合う音に溢れていた。

御家人の青木家は取り潰しになり、久美は許嫁の宗方和馬に嫁いだ。

秩父忍びの猿若は、出稼ぎで稼いだ金と陽炎、螢、小平太、烏坊たちへの土産《みやげ》を持って秩父に帰って行った。

事は落ち着くところに落ち着いた……。

左近は、日本橋川に架かっている江戸橋を渡り、馬喰町の公事宿『巴屋』に向かった。

馬喰町の通りは、多くの人が行き交っていた。

煙草屋の店先の縁台には、お春、煙草屋の親父、隠居、妾稼業の女たちが集まり、お喋りをしながら公事宿『巴屋』に不審な者が来ないか見張っていた。

左近は、お春たちに目礼して公事宿『巴屋』の暖簾を潜った。

お春たちのお喋りは続き、長閑《のどか》な刻が過ぎた。

昼飯時が近付き、お春たちは引き取り、行き交う人も減った。

彦兵衛と房吉たちは、担当の公事訴訟人と共に役所から戻って来た。

深編笠《ふかあみがさ》に着流しの武士が現れ、公事宿『巴屋』の前に佇んだ。そして、それとなく店内を窺った。

店の中から人の出て来る気配がした。

深編笠に着流しの武士は、素早くその場を離れた。

公事宿『巴屋』の暖簾を揺らし、日暮左近が出て来た。

誰かが見ている……。

左近は、己を見詰める視線を感じた。

誰だ……。

左近は、何気なく辺りを見廻した。

不審な人影や殺気はない……。

しかし、見詰める視線があるのは確かだ。

左近は見定め、神田川に向かった。

神田川の流れは緩やかだった。

視線は追って来るが、人影や殺気はない……。

左近は見定め、神田川沿いの柳原通りを神田八ツ小路に向かった。

やがて、神田川に架かっている和泉橋に続き、柳森稲荷の本殿の屋根が見えた。

左近は、足取りを速めた。


柳原稲荷の鳥居前の空地には、古着屋、古道具屋、七味唐辛子売り、葦簀張りの飲み屋が店を連ねていた。

左近は、客のいない葦簀張りの飲み屋に入った。

「邪魔をする……」

「おう……」

老亭主の嘉平は、屋台の向こうで酒を水で割ったりしていた。

「酒を貰おう……」

左近は、嘉平に酒を注文し、葦簀に囲まれた縁台に腰掛けた。

殺気のない視線は続いた。

左近は、葦簀越しの視線を感じた。

嘉平は、酒を満たした湯吞茶碗を持って来た。

「おまちどお……」

「うむ……」

左近は、湯呑茶碗の酒を飲んだ。

「美味い……」

酒は、意外にも芳醇《ほうじゅん》で美味かった。

左近は、思わず嘉平を見た。

「だろう……」

嘉平は、楽しそうな笑みを浮かべた。

どうやら、相手によって出す酒を変えているようだ。

「そうか……」

左近は頷いた。

「竜炎たちを始末したようだな……」

嘉平は囁いた。

「噂か……」

左近は、酒を飲んだ。

「ああ。噂じゃあ、竜炎は雇われた忍びの者諸共《もろとも》皆殺しになったそうだな」

嘉平は笑った。

「うむ……」

左近は、一人残った秩父忍びの猿若について何も触れなかった。

「ま、竜炎は忍びの掟から逃れて抜け忍となった奴だ。他人の恨みを晴らす、義理と人情に滅びて本望《ほんもう》だった筈だ……」

嘉平は読んだ。

「そうか……」

左近は、湯呑茶碗の酒を飲んだ。

「ああ。そして、斬ったのは鬼のように恐ろしい奴だと専らの噂だ」

嘉平は、酒を飲む左近に笑い掛けた。

「鬼か……」

左近は苦笑した。

見詰める視線は、葦簀越しに殺気のないまま続いている。

誰なのだ……。

左近は、何としてでも視線の主を見定める事にした。

神田八ツ小路から神田川に架かる昌平橋《しようへい》を渡り、明神下《みようじんした》の通りを進むと不忍《しのばずの》池《いけ》の畔に出る。

不忍池には水鳥が遊び、幾つもの波紋を重ねていた。
左近は畔《ほとり》に佇み、不忍池を眺めた。
背中に何者かの視線を感じて……。
左近は振り返った。
深編笠を被った着流しの武士が、雑木林の傍らに佇んで左近を見詰めていた。
視線の主か……。
左近は、深編笠に着流しの武士を見据えた。
深編笠に着流しの武士は、佇んだまま動かなかった。
漸《よう》く現れた……。
左近は、視線の主は深編笠に着流しの武士だと見定めた。
深編笠に着流しの武士は、左近を見詰めたまま動かなかった。
何者だ……。
左近は、深編笠に着流しの武士に覚えがなかった。

深編笠に着流しの武士は、殺気の窺えない視線を左近に向け続けた。
問い質《ただ》す……。
左近は、深編笠に着流しの武士に向かった。
深編笠に着流しの武士は、左近が近付いて来るのを見て身を翻した。
左近は、地を蹴って追った。
そして、深編笠に着流しの武士に追い縋り、捕らえようと腕を伸ばした。
刹那、深編笠に着流しの武士は、振り返り態《ざま》に抜き打ちの一刀を放った。
輝きが走った。
左近は、咄嗟に跳び退いて身構えた。
深編笠に着流しの武士は、素早く逃げ去った。
左近の左の二の腕が僅かに斬られ、血が滴り落ちた。
左近は戸惑った。
深編笠に着流しの武士は、斬り付ける時も殺気を見せなかった。
尾行て来る時は勿論、斬り掛かって来る時も殺気は一切感じさせなかったのだ。
左近は戸惑い、困惑した。
殺気を感じさせない男……。

左近は、深編笠に着流しの武士が殺気を感じさせない男だと知った。

殺気を感じさせない男は、その出方が読めず恐ろしい……。

左近は、左の二の腕の浅手に手拭いをきつく巻いて血止めをした。

何者なのだ……。

薬種問屋『萬宝堂』若旦那宗助の恋煩いからの一連の騒ぎは、未だ終わってはいないのかもしれない。

左近は眉をひそめた。

見詰める視線……。

深編笠に着流しの武士を追う手掛りは、見詰める視線だけなのだ。

左近は読んだ。

深編笠に着流しの武士は、再び左近を尾行廻《つけまわ》して殺気を感じさせず斬り付けて来る筈だ。

その時を待つ……。

左近は、不敵な笑みを浮かべた。

夕陽は不忍池に煌めいた。

大禍時。

町は青黒い夕闇に覆われた。

深編笠を被った着流しの武士は、逃げ去ってはおらず何処かから見張っている。

左近は読んだ。

そして、殺気を感じさせず不意に襲い掛かって来る……。

左近は、緊張を強いられた。

大禍時の青黒い夕闇は、次第に夜の暗闇に変わっていった。

長い緊張には堪えられない……。

左近は勝負を急ぐと決め、鉄砲洲波除稲荷の傍にある公事宿『巴屋』の寮に向かった。

深編笠に着流しの武士は、必ず襲い掛かって来る。

左近は睨んだ。

夜道は月明かりに白く浮かんだ。

左近は、神田川に架かっている昌平橋を渡り、神田八ツ小路から須田町《すだちょう》の通りに進んだ。

日本橋に続く道は、未だ行き交う人はいた。

左近は、不意の攻撃を警戒し、周囲に気を配りながら夜道を進んだ。

神田鍋町《なべちょう》、鍛冶町《かじちょう》、本銀町《ほんしろがねちょう》、室町、そして日本橋……。

左近は、油断なく進んで日本橋を渡った。

夜は更け、通りを行き交う人は途絶えた。

左近は進んだ。

連なる町家の屋根を走って鉄砲洲波除稲荷に行くのは簡単だ。だが、左近は深編笠に着流しの武士を誘うように通りを進んだ。

楓川《もみじがわ》に架かる海賊橋を渡って南茅場町を抜け、亀島川沿いに出て南に進めば八丁堀との合流地になり、稲荷橋が架かっている。

稲荷橋を渡ると鉄砲洲波除稲荷だ。

左近は、何事もなく亀島川沿いを進んで稲荷橋に差し掛かった。

稲荷橋の向こうには鉄砲洲波除稲荷がある。

左近は、稲荷橋の袂に立ち止まり、闇を透かし見た。

人影はなく、殺気も窺えない……。

背後で風が微かに鳴った。

刹那、左近は振り返りながら無明刀を抜き打ちに一閃した。

深編笠が斬り飛ばされ、夜空に飛んだ。

着流しの武士が跳び退き、刀を構えた。

現れた……。

左近は無明刀を構えた。

誰だ……。

左近は、着流しの武士の露わになった顔を見た。

着流しの武士は、頬を僅かに引き攣《っ》らせた。

「青木精一郎……」

左近は、戸惑いを浮かべた。

着流しの武士は、薬種問屋『萬宝堂』の若旦那が妹久美に恋煩いをしたのを利用して毒薬を手に入れようとし、左近に棒手裏剣を打ち込まれて日本橋川に姿を消した青木精一郎だった。

「ああ……」

青木精一郎は、乾いた眼で左近を見据えた。

「そうか、青木精一郎だったか……」

「死に損なって欲も得もない。唯々《ただただ》、死んでも日暮左近を斬ると、それだけを願って辛うじて命を永らえた……」

青木は淡々と告げた。

おそらく、青木は左近に棒手裏剣を打ち込まれて西堀留川に落ち、日本橋川から江戸湊に流されて漁師か誰かに助けられ、辛うじて命を拾ったのだ。

冥土を彷徨《さまよ》った青木は、己は既に死んだものと思い込んだ。

己は既に死んでいる……。

死んでいる限り、斬られたり殺されたりする事に恐れはない。

殺気は、斬られたり殺されたりするのに抗い、先に攻撃を仕掛けて己を護ろうとする心の現れなのだ。

死を受け入れた青木に殺気はなくなった。

左近は読んだ。

青木は、不意に左近に斬り掛かった。

左近は、咄嗟に無明刀を閃かせて激しく斬り結んだ。

青木の刀は鋭く閃いた。

左近は、稲荷橋に大きく跳び退いた。

青木は、左近を窺った。
左近は稲荷橋に佇み、無明刀を頭上高く構えた。
天衣無縫の構えだ。
隙だらけだ……。
青木は、頬を引き攣らせて笑みを浮かべた。
殺気が湧いた。
左近は、青木が思わず勝てると読んだ腹の内が殺気になったと気が付いた。
青木は地を蹴り刀を構えて、天衣無縫の構えを取る左近に走った。
左近の構えは崩れなかった。
斬る……。
青木は、殺気を放ちながら左近に猛然と斬り掛かった。
剣は瞬速……。
左近は、無明刀を真っ向に斬り下げた。
無明刀と青木の刀は、閃光となって交錯した。
青木と左近は、残心の構えを取って凍《い》て付いた。
刻が僅かに過ぎた。

青木は、詰めていた息を大きく洩らしてよろめいた。そして、断ち切られた額から血を流し、稲荷橋から亀島川に転落した。

水飛沫が月明かりに輝いた。

無明斬刃……。

左近は、稲荷橋の上から亀島川を流されて行く青木を見送った。

亀島川は江戸湊に流れ込んでいる。

青木の死体は江戸湊に流れ、海の底深くに沈んで冥土に行くのだ。

冥土に帰るが良い……。

左近は見送った。

鬢の解れ髪が夜風に揺れた。

江戸湊には白浪が寄せては返し、潮騒が響き渡っていた。

月は蒼白かった……。

光文社文庫

文庫書下ろし／長編時代小説

冥府《めいふ》からの刺客《しかく》　日暮左近事件帖《ひぐらしさこんじけんちょう》

著　者　藤《ふじ》　井《い》　邦《くに》　夫《お》

2020年9月20日　初版1刷発行

発行者　鈴　木　広　和
印　刷　萩　原　印　刷
製　本　フォーネット社

発行所　株式会社　光　文　社
〒112-8011　東京都文京区音羽1-16-6
電話（03）5395-8149　編　集　部
8116　書籍販売部
8125　業　務　部

ISBN978-4-334-79092-9　Printed in Japan

組版　萩原印刷